O ESPÍRITO DA FICÇÃO CIENTÍFICA

Obras de Roberto Bolaño publicadas pela Companhia das Letras

2666
Amuleto
Chamadas telefônicas
Os detetives selvagens
O espírito da ficção científica
Estrela distante
Monsieur Pain
Noturno do Chile
A pista de gelo
Putas assassinas
O Terceiro Reich

ROBERTO BOLAÑO

O espírito da ficção científica

Tradução
Eduardo Brandão

Copyright © 2017 by Herdeiros de Roberto Bolaño
Todos os direitos reservados.

Grafia atualizada segundo o Acordo Ortográfico da Língua Portuguesa de 1990, que entrou em vigor no Brasil em 2009.

Título original
El espíritu de la ciencia ficción

Capa
Raul Loureiro

Foto de capa
Sem título (1996), óleo sobre tela de Rodrigo Andrade,160 x 190 cm.

Preparação
Silvia Massimini Felix

Revisão
Angela das Neves
Isabel Cury

Dados Internacionais de Catalogação na Publicação (CIP)
(Câmara Brasileira do Livro, SP, Brasil)

Bolaño, Roberto, 1953-2003.
  O espírito da ficção científica / Roberto Bolaño ; tradução
Eduardo Brandão. — 1ª ed. — São Paulo : Companhia das Letras,
2017.
  Título original: El espíritu de la ciencia ficción.
  ISBN 978-85-359-2828-0

  1. Ficção chilena I. Título.

16-07929   CDD-c863

Índice para catálogo sistemático:
1. Ficção : Literatura chilena c863

[2017]
Todos os direitos desta edição reservados à
EDITORA SCHWARCZ S.A.
Rua Bandeira Paulista, 702, cj. 32
04532-002 — São Paulo — SP
Telefone: (11) 3707-3500
Fax: (11) 3707-3501
www.companhiadasletras.com.br
www.blogdacompanhia.com.br
facebook.com/companhiadasletras
instagram.com/companhiadasletras
twitter.com/cialetras

Para Carolina López

1

— Posso entrevistá-lo?

— Pois não. Mas seja breve.

— O senhor sabe que é o mais jovem autor a ganhar este prêmio?

— É mesmo?

— Acabo de falar com um dos organizadores. Tive a impressão de que eles estavam emocionados.

— Não sei o que lhe dizer... É uma honra... Fico muito contente.

— Todo mundo parece contente. O que o senhor bebeu?

— Tequila.

— E eu, vodca. A vodca é uma bebida estranha, não acha? Não são muitas as mulheres que tomam. Vodca pura.

— Não sei o que as mulheres bebem.

— Ah, não? Enfim, tanto faz, a bebida das mulheres é sempre secreta. Eu me refiro à autêntica. À bebedeira infinita. Mas não falemos nisso. Faz uma noite claríssima, não acha? Daqui se podem contemplar os lugarejos mais longínquos e as estrelas mais distantes.

— É um efeito óptico, senhorita. Se olhar com cuidado, vai observar que as janelas estão embaçadas de uma forma muito curiosa. Saia ao terraço, acho que estamos bem no meio do bosque. Praticamente só podemos ver galhos de árvores.

— Então essas estrelas são de papel, é claro. E as luzes dos vilarejos?

— Areia fosforescente.

— Que inteligente, o senhor! Por favor, me fale da sua obra. Do senhor e da sua obra.

— Estou um pouco nervoso, sabe? Toda aquela gente ali, cantando e dançando sem parar, não sei...

— Não gosta da festa?

— Acho que todo mundo está bêbado.

— São os vencedores e finalistas de todos os prêmios anteriores.

— Santo Deus.

— Estão comemorando o fim de outro certame. É... natural.

Pela cabeça de Jan passaram os fantasmas e os dias fantasmais, creio que foi rápido, um suspiro e agora só restava Jan no chão, suando e dando gritos de dor. Também há que destacar suas expressões, a impressão de suas expressões geladas, como me dando a entender que havia algo no teto, o quê?, falei enquanto meu indicador subia e descia com uma lentidão exasperante, ai, merda, disse Jan, como dói, ratazanas, ratazanas alpinistas, babaca, e depois disse ah-ah-ah, e eu o segurei com os braços, ou o sujeitei, e foi então que me dei conta de que não só suava a cântaros, mas que o mar era frio. Sei que devia ter saído em disparada para procurar um médico, mas intuí que ele não queria ficar sozinho. Ou talvez eu tenha tido medo de sair. (Nessa noite eu soube que a noite era verdadeiramente grande.) Na verdade, visto com certa perspectiva, creio que para Jan dava na mesma eu ir ou ficar. Mas não queria um médico. Assim, eu disse a ele não morra, você está igualzinho ao idiota de Dostoiévski, eu te traria um espelho se tivéssemos um, mas como não temos, acredite em mim e trate de relaxar e não vá morrer. Então, mas antes suou pelo menos um rio norueguês, ele disse que o teto do nosso quarto estava invadido por ratazanas mutantes, não está ouvindo?, sussurrou com minha mão em sua testa e eu disse que sim, é a primeira vez que ouço guinchos de ratazanas no teto de um quarto na cobertura de um oitavo andar. Ah, disse Jan. Pobre Posadas, falou. Seu corpo era tão magro e comprido que eu me prometi que no futuro me preocuparia mais com sua comida. Depois pareceu adormecer, os olhos semicerrados, de cara para a parede. Acendi um cigarro. Pela nossa única janela começaram a aparecer as primeiras luzes do amanhecer. A avenida, lá embaixo, continuava escura e deserta de gente, mas os carros circulavam com certa regularidade. De repente, às minhas costas, ouvi os roncos de Jan. Olhei para ele, dormia, nu no colchonete sem lençóis, em sua testa uma mecha de cabelos louros que pouco a pouco ia secando. Encostei-me na parede e me deixei deslizar até ficar sentado num canto. Pela janela passou um avião: luzes vermelhas, verdes, azuis, amarelas, o ovo de um arco-íris. Fechei os olhos e pensei nos últimos dias, nas grandes cenas tristes e no que eu podia apalpar e ver, depois me despi, me estirei no meu colchonete e tratei de imaginar os pesadelos de Jan, e de repente, antes de adormecer, como se me sugerissem, tive a certeza de que Jan havia sentido muitas coisas naquela noite, mas não medo.

Cara Alice Sheldon,

Só queria lhe dizer que a admiro profundamente... Li seus livros com devoção... Quando tive que me desfazer da minha biblioteca — que nunca foi grande, mas tampouco pequena —, não fui capaz de dar todas as suas obras... Assim, conservo *No cimo do mundo* e às vezes recito de cor alguns trechos... Para mim mesmo... Li também seus contos, mas esses desgraçadamente fui perdendo... Aqui saíram em antologias e revistas e algumas chegavam à minha cidade... Havia um sujeito que me emprestava coisas raras... E também conheci um escritor de ficção científica... Para muita gente, o único escritor de ficção científica do meu país... Mas não acho... Remo me conta que a mãe dele conheceu outro faz mais de dez ou quinze anos... Chamava-se González, ou é o que meu amigo crê recordar, e era funcionário do departamento de estatística do Hospital de Valparaíso... Dava dinheiro à mãe de Remo e às outras garotas para que comprassem seu romance... Editado com seu próprio dinheiro... Assim eram as tardes de Valparaíso, completamente vermelhas e estriadas... González aguardava do lado de fora da livraria e a mãe de Remo entrava e comprava o livro... E, claro, só venderam os livros que as garotas e os rapazes do departamento de estatística compravam... Remo lembra do nome deles: Maite, dona Lucía, Rabanales, Pereira... Mas não do título do livro... Invasão marciana... Voo à nebulosa de Andrômeda... O segredo dos Andes... Não posso imaginar... Talvez algum dia encontre um exemplar... Depois de lê-lo, irei lhe mandar como uma modestíssima retribuição às horas de alegria que a senhora me deu...

Seu,

Jan Schrella

— Falemos então da obra vencedora.

— Bem, não há muito a dizer. Quer que lhe conte de que se trata?

— Seria um prazer ouvi-lo.

— Tudo começa em Santa Bárbara, um povoado perto dos Andes, no sul do Chile. É um povoado espantoso, pelo menos como eu o vejo, nada parecido com esses formosos povoadinhos mexicanos. No entanto, tem uma característica que o enobrece: todas as casas são de madeira. Devo confessar que nunca estive lá, mas posso imaginá-lo deste modo: casas de madeira, ruas sem pavimentação, fachadas que percorrem toda a gama do marrom, calçadas inexistentes ou, como nos filmes de faroeste, rampas desiguais de madeira para que em época de chuva o barro não entre nas casas. Nessa Santa Bárbara dos pesadelos ou das brincadeiras começa a história. Para ser mais preciso, na Academia da Batata, uma espécie de tulha de três andares, com cata-vento de ferro forjado no telhado, provavelmente o edifício mais desolado da rua Galvarino e que cá entre nós é uma das tantas faculdades espalhadas pelo mundo da Universidade Desconhecida.

— Muito intrigante, conte, conte.

— No primeiro andar só há dois ambientes. O primeiro é enorme, antigamente guardavam ali até tratores; o outro é diminuto e fica num canto. No ambiente grande há várias mesas, cadeiras, arquivos e até sacos de dormir e colchonetes. Pregados nas paredes, podem se ver pôsteres e desenhos de diversos tipos de tubérculos. No ambiente pequeno não há nada. É um cômodo com o chão, o teto e as paredes de madeira, mas não de madeira velha dos anos em que se construiu a tulha, e sim de madeira nova, bem cortada e polida, de uma cor quase preto-azeviche. Não estou te aborrecendo?

— Não, prossiga, prossiga. Isto para mim é um descanso. Não sabe as entrevistas que fiz esta manhã na Cidade do México. Nós, jornalistas, trabalhamos como escravos.

— Bom. No segundo andar, ao qual se sobe por uma escada sem corrimãos, há outros dois quartos, ambos com as mesmas dimensões. Num deles há várias cadeiras, todas diferentes, uma mesa de escritório, um quadro-negro e outros implementos que dão uma ideia muito vaga e distante, meio apagada, de uma sala de aula. No outro não há nada além de ferramentas agrícolas velhas e enferrujadas. Finalmente, no terceiro andar, ao qual se sobe pelo quarto de ferramentas, encontramos um equipamento de radioamador e uma profusão de mapas esparramados pelo chão, uma pequena emissora que transmite em FM, um equipamento de gravação semiprofissional, uma série de amplificadores japoneses etc. Digo et cetera porque o que não lhe contei não tem importância ou logo irá aparecer e você ficará sabendo nesse momento com todos os detalhes.

— Caro amigo, que suspense.

— Poupemos as observações irônicas. Eu dizia que no terceiro andar, na verdade um só e imenso ambiente em mansarda, se encontram espalhadas todas essas engenhocas da comunicação moderna ou quase moderna. O equipamento de radioamador é o único sobrevivente de várias engenhocas modernas empregadas na Academia para uso escolar e que a fome do encarregado e o aparente desinteresse que os professores geralmente mostram obrigaram a vender. A desordem que reina ali é total, alguém diria que há meses ninguém se dá ao trabalho de varrer ou faxinar o lugar. O cômodo tem duas janelas, poucas para sua magnitude, ambas com persianas de madeira. Da fachada voltada para o leste se vê a cordilheira. Na outra, a vista é um bosque interminável e o início ou o fim de uma estrada.

— Uma paisagem idílica.

— Uma paisagem idílica ou uma paisagem aterrorizante, conforme se olhe.

— Hummm...

— A Academia é rodeada por um pátio. Antigamente se acumulavam ali carroças e caminhões. Agora no pátio não há nenhum veículo, salvo a bicicleta do encarregado, um homem de sessenta e tantos anos, amante da vida saudável, daí a bicicleta. O pátio está rodeado por uma cerca de madeira e arame. Só há duas portas. O portão principal, grande e pesado, em cuja parte externa está pendurada uma placa de metal amarelado com letras pretas que dizem ACADEMIA DA BATATA — PESQUISAS ALIMENTÍCIAS 3 e, mais abaixo, em letras minúsculas, o nome e o número da rua: GALVARINO, 800. A outra parte está no que um visitante normal chamaria de pátio dos fundos. Essa porta é pequena e não dá para a rua, mas para um descampado e depois para o bosque e o caminho.

— Esse caminho é o mesmo que se observa da água-furtada?

— Sim, o rabo do caminho.

— Que bonito deve ser morar numa água-furtada, mesmo que seja pequenina.

— Vivi centenas de anos num quarto. Não recomendo.

— Eu não disse quarto, disse água-furtada.

— É a mesma coisa. A paisagem é a mesma. Uma paisagem de patíbulo, mas com profundidade. Com amanheceres e entardeceres.

Pensei que era uma cena ideal em torno da qual podiam girar as imagens ou os desejos: um jovem de um metro e setenta e seis, de jeans e camiseta azul, detido sob o sol no meio-fio da avenida mais longa das Américas. Isso queria dizer que por fim estávamos na Cidade do México e que o sol que despontava para mim entre os edifícios era o sol tantas vezes sonhado do DF. Acendi um cigarro e procurei nossa janela. O edifício em que morávamos era cinza-esverdeado, como o uniforme da Wehrmacht, dissera Jan três dias antes, ao encontrar o quarto. Nos balcões dos apartamentos viam-se flores; mais acima, menores que algumas jardineiras, ficavam as janelas dos tetos dos prédios. Senti-me tentado a gritar a Jan que aparecesse à janela e observasse nosso futuro. E depois? Picar a mula, dizer a ele vou indo, Jan, trarei abacates para comermos (e leite, embora Jan odiasse leite) e boas notícias, supercarinha, o equilíbrio imaculado, o desastrado perpétuo nas antessalas do grande trabalho, serei repórter estrela de uma seção de poesia, telefones não me faltavam.

Então o coração começou a martelar de uma forma estranha. Pensei: sou uma estátua parada entre a rua e a calçada. Não gritei. Saí andando. Segundos depois, quando ainda não saíra da sombra do nosso edifício, ou do tecido de sombras que cobria esse trecho, apareceu minha imagem refletida na vitrine do Sanborns, estranha cópia mental, um jovem com uma camiseta azul destroçada e cabelo comprido, que se inclinava com uma estranha genuflexão ante os adornos e os crimes (mas que adornos e que crimes, de imediato me esqueci) com pães e abacates entre os braços e um litro de leite Lala, e os olhos, não os meus mas os que se perdiam no buraco negro da vitrine, empequenecidos como se de repente tivessem visto o deserto.

Virei-me com um movimento suave. Eu sabia. Jan estava olhando para mim da janela. Agitei as mãos no ar. Jan gritou algo ininteligível e pôs metade do corpo para fora. Dei um pulo. Jan respondeu movendo a cabeça de trás para a frente e depois em círculos cada vez mais rápidos. Tive medo de que se jogasse. Desatei a rir. As pessoas que passavam ficavam olhando para mim e depois erguiam a vista e viam Jan, que fazia o gesto de levantar uma perna para chutar a nuvem. É meu amigo, disse a eles, estamos aqui há poucos dias. Ele está me encorajando. Vou procurar trabalho. Ah, bom, que bom amigo, disseram alguns e seguiram seu caminho sorrindo.

Pensei que nunca aconteceria nada de mau conosco naquela cidade tão acolhedora. Como estava perto e distante do que o destino me reservava! Como agora são tristes e transparentes em minha memória aqueles primeiros sorrisos mexicanos!

— Sonhei com um russo... Que acha?

— Não sei... Sonhei com uma loura... Entardecia... Sabe, era como nos arredores de Los Angeles, mas logo, logo não era mais Los Angeles, e sim o DF, e a loura passeava por uns túneis de plástico transparente... Ela tinha um olhar muito triste... Mas sonhei isso ontem, no ônibus.

— No meu sonho, o russo estava muito contente. Tive a impressão de que ia embarcar numa nave espacial.

— Então era o Yuri Gagarin.

— Te sirvo mais tequila?

— Anda, maninho, sirva.

— Primeiro eu também achei que era o Yuri Gagarin, mas você não imagina o que aconteceu depois... No sonho fiquei todo arrepiado.

— Mas você dormiu muito bem. Escrevi até tarde e você estava bem.

— Bom, mas o russo enfiou seu traje espacial e me deu as costas. Foi embora. Eu queria ir atrás dele, mas não sei o que acontecia comigo que não conseguia andar. Então o russo fez meia-volta e me deu adeus com a mão... Sabe como era, quem era?

— Não...

— Um golfinho... Dentro do traje havia um golfinho.... Fiquei arrepiado e me deu vontade de chorar...

— Mas você nem roncou.

— Era terrível... Agora não me parece, mas no sonho era assustador, como se algo me desse um nó na garganta. Não era a morte, sabe?, era a bebedeira, isso sim.

— O golfinho de Leningrado.

— Creio que era um aviso... Você não dormiu?

— Não, escrevi a noite toda.

— Está com frio?

— Pra caramba. Pô, nunca pensei que passaria frio aqui.

— Está amanhecendo.

Nossas cabeças mal cabiam na janela. Jan disse que tinha pensado em Boris. Disse isso sem dar importância.

O amanhecer disse: sou fora de série. Vão se acostumando. Uma vez a cada três dias eu venho.

— *Chucha*, que amanhecer! — disse Jan com os olhos bem abertos e as mãos cerradas.

Comecei a trabalhar no suplemento cultural do *La Nación*. O diretor do suplemento, Rodríguez, um velho poeta andaluz que tinha sido amigo de Miguel Hernández, me permitiu colaborar em todos os números do suplemento, isto é, uma vez por semana. Com o que eu ganhava, quatro textos por mês, podíamos viver uns oito ou nove dias. Os vinte e um dias restantes custeei fazendo artigos para uma revista de pseudo-história dirigida por um argentino tão velho quanto Rodríguez, mas que tinha a pele mais esticada e lisa que já vi e que, por razões evidentes, chamavam de "Boneca". Meus pais e os pais de Jan davam o resto. A coisa acabava saindo mais ou menos assim: trinta por cento do dinheiro saía do *La Nación*, outros trinta por cento dos nossos pais e quarenta por cento de *Historia y Mundo*, que era o nome do monstrengo da Boneca. Os quatro trabalhos do *La Nación* eu costumava terminar nuns dois dias; eram resenhas de livros de poesia, um ou outro romance, raramente um ensaio. Rodríguez me entregava os livros sábado de manhã, que era quando todos ou quase todos os que colaboravam para o suplemento se reuniam no estreito cubículo que o velho tinha como escritório a fim de entregar seus trabalhos, receber seus cheques, propor ideias que devem ter sido péssimas ou que talvez Rodríguez nunca tenha aceitado porque o suplemento não passou de uma porcaria. A gente ia aos sábados principalmente para conversar com os amigos e falar mal dos inimigos. Todos eram poetas, todos bebiam, todos eram mais velhos que eu. Não era muito divertido, mas não faltei nenhum sábado ao encontro. Quando Rodríguez dava o dia por encerrado, íamos para os cafés e continuávamos papeando até que um a um os poetas voltavam para suas ocupações e eu ficava sozinho na mesa, com as pernas cruzadas e contemplando a perspectiva interminável que se via através das vidraças, rapazes e moças do DF, policiais extáticos e um sol que parecia vigiar o planeta do topo dos edifícios. Com a Boneca as coisas eram diferentes. Primeiro, um pudor de que agora me ruborizo me levou a nunca assinar uma crônica com meu nome. Quando disse isso, a Boneca pestanejou dolorido mas depois aceitou. Que nome você quer se dar, menino?, resmungou. Respondi sem vacilar: Antonio Pérez. Sei, sei, disse a Boneca, você tem ambições literárias. Juro que não, menti. Mas vou te cobrar qualidade, falou. E depois, porém cada vez mais triste: a qualidade de coisas lindas que se podem tirar desses temas. Meu primeiro trabalho foi sobre Dillinger. O segundo foi sobre a Camorra Napolitana (Antonio Pérez então chegou a citar parágrafos inteiros de um conto de Conrad!). Depois vieram "O massacre do dia de São Valentim", "A vida de uma envenenadora de Walla-Walla", "O sequestro do filho de Lindbergh" etc. O escritório da *Historia y Mundo* ficava num velho prédio da Colonia Lindavista, e o tempo todo que andei levando artigos nunca encontrei ninguém além da Boneca. Nossos encontros eram breves: eu entregava os textos e ele me encomendava novos trabalhos e me emprestava material para que eu me documentasse, fotocópias de revistas que ele havia dirigido em sua Buenos Aires natal junto com fotocópias de revistas irmãs da Espanha e da Venezuela, de que eu tirava não somente dados mas também, ocasionalmente, plagiava com total descaramento. Às vezes a Boneca perguntava pelos pais de Jan, que ele conhecia havia muito tempo, e depois suspirava. E o filho dos Schrella? Vai bem. O que ele faz? Nada, estuda. Ah. E era tudo. Jan, claro, não estudava, embora tenhamos contado essa mentira dos estudos a seus pais para que eles ficassem sossegados. Na verdade, Jan não saía do quartinho na cobertura. Passava o dia inteiro metido lá fazendo sabe Deus o quê. Saía, sim, do quarto para o banheiro ou do quarto para o chuveiro que compartilhávamos com os outros inquilinos da cobertura, e às vezes descia, dava uma volta pela Insurgentes, não mais de dois quarteirões, devagar e como que farejando alguma coisa, e logo, logo estava de volta. No que me diz respeito, eu me sentia bastante sozinho e tinha necessidade de conhecer outras pessoas. Quem me deu a solução foi um poeta do *La Nación* que trabalhava na seção de esportes. Ele me disse: vá à Oficina de Poesia da Faculdade de Filosofia e Letras. Disse a ele que não acreditava em oficinas de poesia. Ele me disse: lá você vai encontrar gente jovem, gente da sua idade e não uns bêbados de merda, uns fracassados que só pensam em ser assalariados do jornal. Sorri, agora esse babacão vai se pôr a chorar, pensei. Ele disse: poetisas, lá tem poetisas, cara, aproveite. Ah.

Caro James Hauer,

Li numa revista mexicana que o senhor pretende criar um comitê de escritores norte-americanos de ficção científica em apoio aos países do Terceiro Mundo, em especial da América Latina. A ideia em si não é desdenhável, embora peque por ambiguidade, talvez mais por causa da revista que mal dá a informação do que pelos propósitos do senhor. Considere que quem lhe escreve é um escritor de ficção científica da América Latina. Tenho dezessete anos e ainda não vi nenhum dos meus textos publicados. Em certa ocasião eu os mostrei a um professor de literatura do meu país, homem de boa-fé, apaixonado (selvagemente) por Scott Fitzgerald e, de forma mais serena, pela República das Letras, como só pode se apaixonar quem vive em algum dos nossos países e lê. Para que o senhor tenha uma ideia, pense num farmacêutico do Deep South ou em alguém perdido num pequeno povoado do Arizona, fanático por Vachel Lindsay. Ou não pense em nada e continue a ler. Dizia eu, pois, que pus nas mãos desse indivíduo meus balbucios e esperei. O caro professor, ao ver meu conto, me disse: caro Jan, espero que não esteja fumando. Ele se referia erroneamente à maconha, que não provoca, que eu saiba, alucinações, mas queria dizer que esperava que eu não estivesse me fodendo com ácido ou algo semelhante. (Devo lhe dizer que no Liceu eu era tido como um estudante atilado mas propenso a cair em "esquecimentos" e "apatias".) Caro professor, disse a ele, é um conto de ficção científica. O bom homem meditou por uns instantes. Mas, Jan, replicou, essas coisas estão tão distantes! Seu indicador quase se elevou na direção NO e depois, quase em linha reta para o sul, pobre parkinsoniano, ou pobre mente minha que A Realidade, já então, levava a desfocar e tremer. Reverendo mestre, argumentei, se o senhor é da opinião de que não podemos escrever sobre viagens interplanetárias, para dar um exemplo, de certa maneira nos deixa dependentes *per sæcula sæculorum* dos sonhos — e dos prazeres — de outros; veja, além disso, que meus personagens são russos, opção nada gratuita. Nosso sonho, balbuciou meu nunca demasiado louvado professor, deve ser a França de 1928. Como eu não sabia com exatidão o que havia acontecido em Paris naquele ano, dei por encerrada a discussão. No dia seguinte, ao nos encontrarmos novamente no Liceu, disse a ele: professor, algum dia vão lhe enfiar no cu a França de 1939 inteirinha. Se eu tivesse sido capaz de ler o futuro, esse insulto não teria saído dos meus lábios. Meu sempre lembrado mestre morreu apenas uns meses depois ao sair para passear à luz da lua durante o toque de recolher. Aqueles textos, aliás, se perderam. O senhor agora acredita que possamos escrever uma boa literatura de ficção científica? Seu comitê, que Deus o abençoe, está contemplando a possibilidade de conceder bolsas — bolsas Hugo, bolsas Nébula — aos nativos do Terceiro Mundo que melhor descrevam um robô? Ou quem sabe o grupo que o senhor encabeça se propõe a dar um apoio testemunhal — solidário, claro — no plano político? Espero sua resposta imediata.

Afetuosamente,

Jan Schrella

A oficina era dirigida por Jeremías Moreno, poeta premiado, e funcionava no terceiro andar da Faculdade de Letras, numa sala bastante reduzida em uma de cujas paredes alguém tinha escrito com spray vermelho *Alcira Soust Scaffo esteve aqui*, afirmação traçada a trinta centímetros do chão, clara mas discreta, impossível de ser vista se o visitante mantivesse a cabeça erguida. O grafite, embora à primeira vista resultasse totalmente inocente, ao cabo de alguns minutos e depois de repetida leitura adquiria a qualidade de grito, de cena insuportável. Perguntei-me quem teria escrito — a julgar pela pintura não parecia recente —, que boa sorte a tinha preservado dos vigilantes dos bons costumes, quem seria aquela Alcira que a poucos centímetros do chão havia instalado seu acampamento.

Jeremías, para aumentar minha perplexidade, me perguntou de supetão o que eu queria. Expliquei, talvez com demasiada presteza, que Colín, o especialista em beisebol do *La Nación*, tinha me recomendado sua oficina. Empreguei as palavras conselho e sugestão; estive a ponto de antepor os adjetivos brilhante

29

e feliz, mas me conteve seu rosto de total estranheza; em questão de segundos, todos já me odiavam.

— Não tenho a menor ideia de quem seja esse senhor.

— Baixinho, moreno, nariz aquilino — gaguejei.

— Não sei de quem está falando.

— O encarregado da Academia é um sujeito decidido. Dorme no primeiro andar e come numa casa do povoado. Sempre que sai da tulha, o faz com uma bicicleta BMX. De noite prepara alguma coisa num fogareiro a gás enquanto transmite música folclórica pela rádio. Depois de comer, prepara uma xícara de chá e fuma um cigarro. Só então começa a trabalhar ao microfone. Seu programa ao vivo não é muito interessante. Conversas instrutivas sobre como duplicar ou triplicar as plantações de batatas, como cozinhá-las de cem maneiras diferentes, como fazer sopa de batata ou geleia de batata, como conservá-las por mais de cinco ou mesmo de dez anos etc. Sua voz é descansada, serena; desenrola as palavras sem paixão mas com um timbre de homem taxativo que inspira confiança. Não sei quanta gente o ouve. Não creio que muita. Nesse lugar não há pesquisas de audiência. Mas se alguém o ouvisse com atenção, iria se dar conta, mais cedo ou mais tarde, de que sua voz não só é desapaixonada ou preguiçosa, como também inequivocamente gélida. Quando termina o programa de rádio, fuma outro cigarro e anota numa espécie de diário de bordo as observações do dia. Depois aciona o gravador. A fita roda silenciosa e o homem adormece sentado ou faz que está dormindo.

— As fitas estão emitindo ou estão gravando?

— Não sei. Devo dizer que o homem finge que dorme mas na verdade ouve os sons. A tulha range interminavelmente a noite toda, a cada sopro de vento as madeiras respondem com um gemido particular e levíssimo, e o ouvido do homem está sempre atento às rajadas e aos ruídos da tulha. Até que se chateia. Às vezes sonha com Boris.

— Não ouve a noite toda?

— Não. Ele se chateia e vai dormir. As fitas, claro, continuam rodando. Quando o encarregado acorda, por volta das oito da manhã, as apaga e rebobina. Sim, a vida na Academia não é divertida. A paisagem é bonita e o ar é saudável, mas a vida não é divertida, por mais que o encarregado procure ocupar suas horas em coisas de utilidade mais que duvidosa. Destaquemos, dentre todos esses trabalhos, três: as conversas noturnas didáticas sobre a batata; o gravador silencioso; e o equipamento de radioamador. Essa última atividade é, se possível, mais infrutífera ainda que as anteriores. Resumindo, o encarregado procura nas ondas uma mensagem que não chega. Mas, oh, sua paciência é infinita, e todos os dias, uma vez a cada oito horas, solta sua cantilena: HWK, está me ouvindo? HWK, está me ouvindo?, aqui a Academia, HWK, aqui a Academia, aqui a Academia...

— E ninguém responde.

— Não. O homem procura, mas ninguém responde. Em raras ocasiões pega vozes longínquas, talvez de outros radioamadores, palavras soltas, mas geralmente só ouve chiados de estática. Divertido, não?

— Bom...

— É divertidíssimo. O coitado do encarregado tem um sotaque acentuadamente chileno. Imagine-o falando sozinho com sua voz aflautada: HWK, está me ouvindo?, HWK, está me ouvindo? Ha-ha-ha... Imperturbável...

Permanecemos um instante em silêncio. Creio que foi o grafite, a atração magnética daquelas letras vermelhas que, na minha cabeça, ignoro por que razão, associei de imediato a pobreza e ternura, o que me impediu de sair correndo. Não me lembro em que momento Jeremías Moreno me convidou a me sentar nem em que outro instante pronunciou as frases duras com relação ao meu país natal. Os integrantes da oficina haviam disposto as cadeiras num círculo só interrompido pela porta. Entre os aprendizes de poeta não havia garotas, constatei com um assomo de abatimento, afundado, se assim posso dizer, ao percorrer a cara deles e verificar que nenhuma me parecia simpática.

Quem começa a ler? Um rapaz magro distribuiu três cópias de um poema. Não me coube nenhuma, mas espichando o pescoço pude ler o título no exemplar do meu vizinho. O salgueiro, disse o rapaz, he-he, é um pouco metafísico. Passe para frente. Contei, cada vez mais propenso a cair numa bruma mental, vinte versos, como o insone conta carneirinhos. Ou talvez trinta. Ou talvez quinze pés na bunda do autor, seguidos por um silêncio, uns hummm, umas tosses, uns sorrisinhos, uns é isso aí, é isso aí. Tenho a impressão, disse um rapaz gordinho, de que você tenta nos vender gato por lebre. Acho que o ritmo. Não, não, dois gerúndios juntos jamais. E tantos e? Para dar mais força. Mais força ao salgueiro. Universitários de merda, pensei. Só reconheço a influência de Mariano Pérez, disse o autor, encurralado. (Mariano Pérez era, fiquei sabendo mais tarde, o compadre de Jeremías e coordenador de *outra* oficina, a oficina *oficial*, da faculdade.) Que que é isso, que que é isso, disse Jeremías com rancor. Bem, para mim continua parecendo ruim, disse o gordinho, acho que você tem textos melhores. Para mim, parece mais Frost, interveio um míope. Jeremías se ajeita. Você só leu Frost em antologias, otário. Vamos, leia de novo o verso, aquele que diz que o salgueiro chora. T.S. Eliot? Bonifaz Nuño? Mariano? Por favor, não envolvamos Mariano nesse crime. Interessante, disse o míope, a maneira de ordenar os versos. Jeremías arrancou uma cópia do rapaz que estava a seu lado. Com boa vontade, o poema visto ao contrário parece um salgueiro. Disposição espacial, suponho. Jean Clarence Lambert? Juro que é puro acaso. Talvez porque você o leia mal, Jeremías conciliador e farto, quem quer ler outra vez? Você mesmo, Jeremías, você é quem lê melhor. Bom, cof, cof, tentemos. Recorda o salgueiro seu horizonte? Ahan, sim — um risinho —, tem algo de Mariano, é indubitável. É que Mariano é meu mestre. Percebe-se, bom, olhe, elimine os vinte primeiros versos e deixe o final, tem muita força, quem quer ler agora?

Os rapazes revisam seus papéis, não se decidem. Jeremías consulta o relógio com gesto profissional de psicanalista. Escutei gritos que chegavam dos corredores, vozes, rapazes que se despediam, portas batendo, até que outro poeta, que ainda não havia aberto a boca a não ser para soltar a fumaça do cigarro, distribuiu, como o anterior, três cópias.

Ao fim da leitura, tomados pela mesma beatitude, todos concordaram. Puxa, você está melhorando muito, Márquez, disse Jeremías. Mas procure não nomear tanto o amor, Márquez, lembre-se de Horácio. Acho que esse Márquez está apaixonado. He-he-he. Às cabeçadas de concordância se acrescentaram as queixas pela sorte que Márquez tinha em tudo. Um bom poema, sim senhor. O lisonjeado, grato, fez circular um maço de Camel que antes estava enfiado no bolso da jaqueta. Com sumo cuidado aceitei um cigarro e sorri, porque todos sorriam. Pensei que uma oficina assim era como uma pequena discoteca para gente tímida e chata, grave erro que mais depressa do que pensava teria a oportunidade de comprovar. Não trouxe outro, Márquez? Não, só datilografei este. Gostaram mesmo? Um bom poema, sem pretensões, epigramático, contundente, sentenciou Jeremías. O rosto de Márquez experimentou uma mudança de cores, sopa estranhíssima, mescla de orgulho e desamparo.

Em que pensei então? Pensei em comida, em Jan na cobertura, nos ônibus da Cidade do México que circulam através da noite, em Boris, em mim mesmo sentado tristemente naquela salinha sinistra. Mas não me mexi e valeu a pena. Porque de repente a porta se abriu e entrou um estranho na reunião, com o jeans manchado de gordura e botas de couro preto, que disse olá e permaneceu de pé, dando-me as costas, enquanto os poetas se remexiam inquietos em suas cadeiras e Jeremías dizia boa-noite, José, fazendo-o objeto, sem dissimulação, de um tratamento preferencial, embora lhe desejando com os olhos e as sobrancelhas a pior das desgraças. Os cabelos, muito negros, lhe caíam até os ombros e levava um livro incrustado no bolso de trás da calça como o propulsor de uma nave espacial. Soube que ele era um camicase. Ou um piloto estranho. Mas soube também que ele podia ser muitas outras coisas, entre elas viajante pelas oficinas de literatura que cresciam na cidade, embora nestas, sem dúvida, se encontrasse deslocado. Talvez se divertindo, quando se apressaram a lhe arranjar um lugar — entre um filólogo pensativo e mim —, por cima dos olhares de sarcasmo que os poetas trocaram entre si, tranquilo quando lhe perguntaram se não tivera um acidente, se trazia poemas, se estivera fora da cidade, se tinha lido o último livro de.

Sorriu e disse que não. Que não tinha saído da cidade, que não havia sofrido nenhum acidente e que não trazia nada escrito — muito menos triplicado —, mas que isso não era um problema pois tinha boa memória.

— Vou recitar algo para vocês, camaradinhas. Intitulei essa poesia de "Eros e Tânatos".

O mexicano então se recostou na cadeira, fixou os olhos no teto e se pôs a falar.

Caro Forrest J. Ackerman,

Meia hora de sono bastou para que aparecesse Thea von Harbou. Abri os olhos e lhe disse estou ficando gelado, nunca tinha imaginado que nessas latitudes ia passar frio. (Em algum lugar havia uma manta, mas não podia esticar a mão e pegá-la.) Ela estava de pé junto da porta, ao lado de um pôster que Remo trouxera havia pouco. Fechei os olhos e lhe disse: me diga onde realmente estou. Pela janela entravam umas luzes finas, reflexos de edifícios distantes, ou talvez o anúncio da cerveja Tecate acendendo e apagando a noite inteira. Estou sozinho?, perguntei, e ela sorriu sem se afastar da porta, os olhos imensos e profundos e fixos no canto onde eu estava suportando calafrios. Não sei quanto tempo permanecemos assim. Em algum momento me lembrei de algo e me pus a chorar. Encarei-a então e lhe disse olhe estou chorando devido ao frio, onde diabos está minha manta. Eu tinha ficado muito triste e me queixava. Não sei o que queria: que abrisse a porta e voltasse para sua nuvem ou que se aproximasse e enxugasse meus olhos. Sorri. Ela tinha os pômulos brilhantes e parecia uma estátua de sal. Thea von Harbou, disse a ela, me diga onde estou de verdade. Já começou a guerra? Estamos todos pirados? Ela não me respondeu, mas isso durou muito tempo. Olhei o despertador de Remo: eram três da manhã. (Meu olho se refletiu no vidro do despertador.) Às três e dez acordei e fiz uma xícara de chá. Agora são quatro e aguardo a chegada do amanhecer lhe escrevendo esta carta. Nunca li nada seu, sr. Ackerman, salvo esse horrível prefácio em que algum editor maléfico o chama de Mr. Ficção Científica. Talvez o senhor também esteja morto e na Ace Books, para onde lhe escrevo, nem se lembrem disso. Mas como suponho que continue amando Thea von Harbou, escrevo-lhe estas linhas. Como ela era em meu sonho? Era loura. Tinha olhos grandes e usava um vestido de lamê da Primeira Guerra Mundial. Sua pele era luminosa, não sei, machucava. No sonho, pensei que era a pele irreparável. Era mesmo muito difícil deixar de olhar para ela.

Um abraço,
Jan Schrella

— Devia lhe falar agora, antes de passar a coisas mais importantes, sobre o dr. Huachofeo. Não é uma figura importante, mas é imprescindível e ornamental. É como uma mão de tinta numa viga. Não sei se me explico. Um pequeno raio de luz, um Joselito* de bolso para nossos esforços...

— Se emocionou? Você também, tão jovem, se lembra do Joselito?

— Lembro, mas não vem ao caso. É melhor me perguntar o que continham os arquivos da Academia.

— Bem, responda.

— Estavam arquivados os cursos sobre batatas que o encarregado tinha transmitido pela rádio ou dado pessoalmente quando ainda havia alunos que iam à tulha. Nenhum papel tinha data. Não havia nomes. Só os cursos dados, separados por trimestres, até completar vários cursos completos de três anos. A julgar pe-

---

* Cantor e ator espanhol (1943-) de enorme sucesso na infância por sua voz. (N. T.)

los papéis, o velho encarregado era responsável por várias turmas de especialistas em sobreviver à base de batatas.

— Detesto batata. Engorda.

— Pergunte que livros havia na tulha.

— Diga.

— Excluindo os manuais e os livros de texto, todos relativos ao interminável mundo da batata, só encontraremos um, a *História paradoxal da América Latina*, de Pedro Huachofeo, formado em economia e veterinária, títulos obtidos na Universidade de Los Angeles, província de Bío-Bío. Um calhamaço de quinhentas páginas profusamente ilustrado pelo próprio autor, em que se narra uma infinidade de anedotas, a metade das quais não acontece na América Latina.

— O nome me diz alguma coisa.

— Tenho de lhe dizer que Huachofeo, pseudônimo de um dos mais ricos herdeiros, deserdado claro, de uma família de latifundiários, foi morto por um patrulheiro num bordel do Sul.

— Ah, sempre a violência. E o machismo. Por que nossos intelectuais têm que ser tão sinistros no tocante ao sexo?

— A senhora está enganada. Huachofeo estava lá para receber uma mensagem. Seu contato falhou e o pobre coitado ficou mais um instante papeando com um cafetão e degustando um delicioso *chacolí* da casa. Puro azar.

— Sei. O encarregado, é claro, era amigo de Huachofeo.

— Não: admirador. Um estudioso da obra dele, se a senhora preferir. O encarregado pensava que os mexericos e as elucubrações da *História paradoxal da América Latina* eram na verdade sinais em código. Mas deixemos o dr. Huachofeo em seu túmulo. As mensagens em código, como a senhora vai ver, abundam. Contei tudo isso porque a alma do autor morto, presente em seu livro, o único livro que não se referia a estudo, aliás, que o encarregado lia, rondava com outros fantasmas pela Academia. Era uma das alminhas protetoras da Academia. Isso é tudo. Assim é a Academia da Batata. A que prepara Boris.

— Vou tomar mais uma vodca.

— Aproveita para me trazer uma tequila ou algo assim.

— Magnífico. O senhor está mais alegre agora.

O autor de "Eros e Tânatos" se chamava José Arco. Antes que aquela noite acabasse ficamos amigos. O pessoal da oficina me convidou para tomar um café e José Arco veio conosco. Eu, dentro do carro de um dos poetas; ele, atrás — mas também ao lado e às vezes à nossa frente —, numa Honda preta que me deixou surpreso: naqueles dias as motos circulavam dentro dos poemas, cada vez mais numerosas, mas não os poetas em motos reais e por ruas reais; além do mais, sua maneira de dirigir, como pude verificar pelas janelas do carro, era graciosa e singular. Longe do motociclista hierático, se desfazia em sinais e cumprimentos com a mão e de viva voz, atento não só à paisagem que a noite lhe oferecia mas também, eu seria capaz de jurar, às sombras que nos velhos bairros do DF se perfilam, meio desenho, meio aparição, atrás das árvores, nas trilhas esburacadas. Mais tarde, quando todos já tinham ido embora e ele e eu continuávamos comendo e bebendo, ele me confessou que sua moto estava avariada e que no fundo esse era um peso que ele carregava com gosto em sua alma de pedestre. Não lhe perguntei nada até sairmos do bar. A moto, de fato, não pegava e decidimos deixá-la estacionada junto da casa cujo aspecto mais nos agradasse. Na verdade, foi ele que me perguntou se eu gostava das fachadas de umas casas que foi apontando não muito ao acaso, enquanto arrastávamos a moto, me pedindo, ao mesmo tempo, que fosse sincero e não tentasse tirar o corpo fora com uma escolha em que eu não acreditasse. A quarta recebeu o sufrágio. A Teresa mora aí, disse ele com um sorriso. A rua, José Arco, a moto, eu mesmo formamos então um conjunto estranho; nossas sombras, escuras demais, se estendiam até um carvalho enrugado e quase sem folhas; de longe, por momentos, chegava o som de uma canção. Murmurei, feliz: quem é Teresa?

— Uma amiga.

— Vamos vê-la e dizer que deixamos a moto aqui.

— Não — disse José Arco —, ela se dará conta amanhã, ao acordar.

— Telefone para ela, então.

— Não, já está muito tarde. Vamos embora.

Não era preciso ser muito sagaz para entender que ele estava apaixonado e que a moto estacionada em frente da casa era, de alguma maneira, uma oferenda. No fundo, eu me sentia satisfeitíssimo por ter escolhido a casa da única pessoa que ele conhecia no bairro. De onde estávamos, na Colonia Coyoacán, até meu quarto, havia um montão de quarteirões, e tempo para conversar é que não faltaria. José Arco, em princípio, não era muito comunicativo, ou seria melhor dizer que era parcialmente comunicativo: balbuciava coisas incompreensíveis, dava por certo que você estava a par do que ele dizia, custava-lhe explicar qualquer história, falava como se o desespero e o destino fossem uma coisa só, um único território, e ali estivesse sua Academia da Língua e seu país. Assim, pouco a pouco, durante essa caminhada e outras que se seguiram, me fez um resumo da sua vida.

44

Tínhamos a mesma idade, vinte e um anos. Ele havia estudado sociologia e filosofia e não concluíra nem uma nem outra. Uma doença, de que preferia não falar, o obrigou a deixar a universidade. Passou quatro meses no hospital. Uma manhã um médico lhe disse que deveria ter morrido quinze dias antes. José Arco me contou que se apoiou num cotovelo e foi à forra com uma direita precisa, a primeira que dava na vida. Quando voltou à universidade, seus colegas, que já estavam no segundo ano, lhe explicaram, um tanto desenganados, que aquele tempo todo acreditaram que ele estivesse em La Sierra, com a guerrilha do Partido dos Pobres. Aguentou dois dias, depois não pôs mais os pés na faculdade. Morava, naqueles dias, com a mãe e o irmão mais moço, Gustavito, um garoto enorme de um metro e noventa, num chalé de Satélite. Da mãe dele falarei mais adiante. De Gustavito, é pouco o que posso falar: creio que queria estudar direito, talvez já seja advogado, embora José em repetidas ocasiões tentasse convencê-lo de que ele era a grande esperança dos pesos pesados, o vingador de Pulgarcito Ramos, que o México esperava e que Satélite em particular desejava para frear — e da maneira mais inesperada — os Tepito ou La Bondojito. O irmão dele ria com a bondade e a paciência dos adolescentes que pesam mais de noventa quilos e o deixava falar. Creio que José Arco amava sua família muito mais do que aparentava. (O pai dele, nessa história, é o homem invisível.) Depois se matriculou em filosofia e voltou a ir quase todos os dias à universidade. Frequentou, como muitos, os cineclubes e as festas que os heróis de então davam. Conseguiu trabalho como corretor de provas numa editora e deixou de ir às aulas; dessa vez, a universidade e ele romperam para sempre. Saiu da casa da mãe aos dezenove anos, quase aos vinte, e se dedicou a vagar pela cidade bolando projetos insólitos, planejando cenas velozes e meticulosas que o deixavam num instante exausto, abatido, montado na moto pa-

45

rada depressa num lugar qualquer, agarrando-se ao guidom para não cair. Graças a ele conheci os antros de San Juan de Letrán, os arredores de Garibaldi onde vendemos a crédito lamparinas com a imagem da Virgem de Guadalupe, as casas subterrâneas de Peralvillo, os quartos poeirentos da Romero Rubio, os estúdios fotográficos da avenida Misterios, as tavernas que havia atrás do Tepeyac, a que chegávamos de moto quando o sol começava a raiar desse lado da cidade, alegre e leproso, e nós, aos olhos das senhoras que nos serviam *pozole*, também parecíamos alegres e leprosos. Então ele era o rei dos sapos e eu o embaixador dos ratos, e nossa amizade e nossos negócios iam de vento em popa. Foram numerosas as noites que passamos juntos em nosso quarto na cobertura, com Jan, de quem ele gostou desde o primeiro momento. Às vezes chegava tarde, às três ou quatro da manhã, e nos acordava com um grito compridíssimo, como de lobo, e então Jan pulava do seu colchonete, aparecia à janela e dizia: é o José Arco. Outras vezes nos encontrava acordados, lendo ou escrevendo, e subia com uma garrafa de tequila e três sanduíches de presunto, com postais de Posada e Remedios Varo para a correspondência de Jan, com livros de poesia e revistas marginais e notícias sobre a nuvem, o furacão que se aproximava do DF. Não me assuste, dizia eu. Jan ria, as visitas de José Arco o encantavam. Ele se deixava cair no chão e me perguntava que artigo estava perpetrando para a Boneca e depois se punha a falar com Jan de ficção científica. Os sanduíches, enrolados em papel pardo, eram enormes e tinham de tudo: feijão, tomate, alface, creme, abacate, chile e duas fatias de presunto doce. A garrafinha de tequila logo acabava, antes dos sanduíches, e costumávamos terminar a noitada tomando chá, sintonizando bem baixinho um programa de rádio, lendo versos uns para os outros, Jan traduzindo poemas de Daniel Biga ou Marc Cholodenko, que José Arco conheceria pessoalmente anos mais tarde, mas isso já é outra história; às seis e meia ou às sete se despedia, descia os degraus um a um, montava em sua Honda e sumia pela Insurgentes. Voltávamos aos nossos colchonetes e tratávamos de dormir e às vezes eu sonhava que José Arco deslizava com sua moto preta por uma avenida completamente gelada, sem olhar para os pedaços de gelo pendurados na janela, tiritando de frio, até que de repente, num céu que também era branco e gelado, aparecia um raio de cor intensa e as casas e ruas rachavam e a figura do meu amigo desaparecia numa espécie de furacão de barro. O despertar vinha normalmente acompanhado de uma aguda dor de cabeça.

— Ontem sonhei com a Thea von Harbou... Acordei sobressaltado... Mas depois, pensando, ocorreu-me que sonhei com ela por causa de um romance que li faz pouco... Não é que fosse um romance estranho, mas fiquei com a impressão de que o autor escamoteava alguma coisa... E depois do sono entendi...

— Que romance?

— A *sombra*, do Gene Wolfe.

— ...

— Quer que te conte?

— Tudo bem, enquanto preparo o café da manhã.

— Tomei um chá agora há pouco, enquanto você dormia.

— Estou com dor de cabeça. Vai querer outra xícara de chá?

— Sim.

— Conte, estou te escutando, apesar de te dar as costas.

— É a história de uma nave espacial que está há muito tempo procurando um planeta habitável para a raça humana. Por fim encontram um, mas passou tempo demais desde o início da viagem e a tripulação mudou; todos envelheceram, mas você precisa saber que eram muito jovens ao iniciar a viagem... A mudança está em seus hábitos: surgiram seitas, sociedades secretas, clubes de bruxaria... A nave também entrou num processo de desgaste, há computadores que não funcionam, luzes estropiadas que ninguém se dá ao trabalho de consertar, cabines destroçadas... Depois, ao encontrar o novo planeta, a missão termina e eles devem regressar à Terra com a notícia, mas ninguém deseja voltar... A viagem lhes consumiria o resto da juventude e voltariam a um mundo desconhecido, pois na Terra, enquanto isso, passaram-se vários séculos, você sabe, eles se deslocaram quase na velocidade da luz... Só um planeta superpovoado e faminto... E inclusive há quem creia que não há mais vida na Terra... Entre eles está Johann, o personagem principal... Johann é um sujeito reservado, dos poucos que amam a nave... De estatura normal... As estaturas vão por ordem hierárquica, a capitã da nave, por exemplo, é a mais alta e os tripulantes sem graduação, os mais atarracados... Johann é tenente; vive sua vida sem fazer muitas amizades, cumpre com seu dever, é rígido como quase todos, se chateia... Até que chegam ao planeta desconhecido... Então Johann descobre que sua sombra se tornou mais escura... Negra como o espaço externo e densíssima... Como você pode supor, não se trata da sua sombra, mas de um ser à parte que se esconde nela e que imita os movimentos da sombra... De onde surgiu? Do planeta, do espaço? Nunca saberemos, nem importa muito... A sombra é poderosa, como depois se verá, mas tão reservada quanto Johann... Enquanto isso, as seitas preparam o motim... Um grupo tenta convencer Johann a se unir a eles, dizem-lhe que ele é um eleito, que o destino de todos é criar algo de novo naquele planeta... Alguns parecem bastante pirados, outros, perigosos... Johann não se compromete a nada... A Sombra, então, o transporta ao planeta... É uma selva imensa, um deserto imenso, uma praia imensa... Johann, vestindo apenas calças curtas e sandálias, quase como um tirolês, caminha por entre a vegetação... Move a perna direita depois de sentir que a Sombra empurra sua perna direita, depois a esquerda, devagar, esperando... A escuridão é total... Mas a Sombra cuida dele como se fosse uma criança... Ao voltar, estoura a rebelião... O caos é total... Johann, por precaução, tira seus galões de oficial... Logo encontra Helmuth, o favorito da capitã, um dos cabeças dos rebeldes, que tenta matá-lo, mas a Sombra se antecipa e o asfixia... Johann entende o que está acontecendo e abre caminho até a ponte, lá estão a capitã e outros oficiais e nas telas do computador central veem Helmuth e os amotinados preparando um canhão de laser... Johann os convence de que tudo está perdido, da urgência de fugir para o planeta... Mas no último momento ele fica... Volta à ponte de comando, desconecta as falsas imagens que o grupo do computador manipulou e envia um ultimato aos rebeldes... Quem entregar as armas no ato será totalmente perdoado, do contrário morrerá... Johann conhece os mecanismos da ilusão e da propaganda... Por sua vez, tem do seu lado a polícia e os soldados da Marinha — que fizeram toda a viagem hibernados — e sabe que ninguém lhe tira a vitória... Finaliza o comunicado dizendo que quem fala é o novo capitão... Depois traça outra rota e abandona o planeta... É isso... Mas foi então que sonhei com a Thea von Harbou e soube que a nave era do Reich do Milênio... Todos eram alemães... Todos pegos pela entropia... Mas há coisas estranhas, excepcionais... Uma das moças, que se deita mais amiúde com Johann, lembra, sob o efeito de uma droga, algo doloroso e diz chorando que se chama Joan... A moça se chama Grit, e Johann pensa que talvez sua mãe a chamasse assim na infância... Nomes antigos e fora de moda... E proscritos pelos psicólogos...

— Vai ver a moça tentava dizer que se chamava Johann.

— Pode ser. Na verdade, Johann é um oportunista perigosíssimo.

— E por que não fica no planeta?

— Não sei. Afastar-se do planeta, não precisamente voltar para a Terra, é como escolher a morte, não? Ou talvez a Sombra o tenha convencido de que não deviam colonizar esse planeta. Em todo caso, ficam por lá a capitã e um monte de gente. Leia o romance, é muito bom... E agora eu acho que foi o sonho que pôs a suástica, não Gene Wolfe... Sabe-se lá...

— Quer dizer que você sonhou com a Thea von Harbou...

— Sim, era uma moça loura.

— Mas você algum dia viu uma foto dela?

— Não.

— Como soube que era a Thea von Harbou?

— Não sei, adivinhei. Era como a Marlene Dietrich cantando "A resposta está no vento" do Bob Dylan, sabe? Uma coisa estranha, aterrorizante, mas muito próxima, não sei como, mas próxima.

— Quer dizer que os nazistas dominam a Terra e enviam naves em busca de novos mundos.

— Sim. Na leitura da Thea von Harbou.

— E encontram a Sombra. Isso não é uma história alemã?

— A da Sombra ou a do que perde sua sombra? Bom, não sei.

— E foi a Thea von Harbou quem te contou tudo isso?

— Johann acredita que os planetas habitados, ou habitáveis, são uma exceção no Universo... Em sua história, os tanques de Guderian arrasaram Moscou...

— Boris Lejeune?

— Sim.

A voz interrompe o café da manhã como uma bomba esperada por muito tempo mas que nem por isso perde sua capacidade de surpresa e de terror. O encarregado dá um pinote, deixa cair no chão a xícara de chá, empalidece. Depois tenta se levantar, e o tamborete em que está sentado se embaraça em seus pés. De gatinhas, com o olhar ansioso, se arrasta até onde as fitas rodam silenciosas. Espera. Pergunta-se, mordendo os lábios, se não terá sido uma ilusão auditiva a voz que um instante antes o transtornara. Finalmente, quase como um prêmio à perseverança, embora não o seja de modo algum, volta a escutar nos amplificadores, que conectou a toda a pressa, uma voz distante repetindo um nome. Tenente de cavalaria Boris Lejeune. Depois ouve uma risada. Depois a estática, aumentada pelos amplificadores, se esparrama pelo terceiro andar da Academia, pelo segundo, pelo primeiro, até se perder no pátio, onde uma menina se movimenta discretamente. Deve ter uns sete anos e se chama Carmen. Leva debaixo do braço uns tubos que "roubou" de entre os cacarecos da tulha. Sua primeira intenção era cair fora, mas o barulho a mantém parada, imóvel na atitude de correr...

— E mais nada?

— Que mais queria?

— A voz só diz sou o tenente Boris Lejeune?

— Tenente de cavalaria.

— E isso é tudo?

— Ouve-se um riso. É um riso fresco e zombeteiro de rapaz. Deixe eu rir um pouco, ele diz. Agora sou o tenente de cavalaria Boris Lejeune. O curso se inicia dentro de uns minutos. Isso é novo para mim. Peço antecipadamente desculpa pelos erros. A farda é bonita, concordo, mas faz um frio de rachar. O curso começa agora. Meu regimento está instalado junto de uma plantação de batatas.

— A voz de além-túmulo, sem dúvida, deixa sem alento o encarregado.

— Não precisamente.

— E a menina continua imóvel no pátio?

— A menina, incapaz de resistir à curiosidade, entreabre a porta e espia. No primeiro andar, claro, não há ninguém, de modo que sem tomar demasiadas precauções começa a subir a escada.

— Enquanto isso, Boris Lejeune contempla uma plantação de batatas.

— E enquanto Lejeune contempla o batatal, o encarregado se multiplica trocando de tomadas, ligando gravadores, tomando notas num caderninho, experimentando volumes etc. Trabalhos vãos e inúteis, que só comprovam o medo que nesse momento embarga o velho, pois o *curso*, como dissera o tenente, já começou. Por sua vez, a menina chegou ao terceiro andar e de um vão na escada observa com olhos assombrados toda a cena. O céu começa a se metamorfosear. Logo depois oferece à vista uma curiosa mistura de brancos e cinzas com abundância de caprichosas figuras geométricas. No entanto, o único que ergue a vista e o observa meditabundo antes de cruzar o batatal é o tenente de cavalaria. A menina está absorta demais nos equipamentos nunca antes vistos. O encarregado só tem olhos para vigiar suas conexões. Lejeune suspira, depois enfia as botas de oficial na terra preta e se dirige para as barracas armadas do outro lado do batatal. No acampamento, tudo é confuso. Ao passar pela enfermaria, Lejeune observa os primeiros mortos e para de assobiar. Um cabo lhe indica as barracas do Estado-maior. Enquanto se dirige para elas, percebe que estão levantando acampamento. Em todo caso, tudo se faz com tanta lentidão que fica difícil saber se a tropa se retira ou se instala. Quando por fim encontra seus chefes, Lejeune pergunta o que deve fazer. Quem é o senhor?, troa a voz do general. A menina, de repente, encolhe o corpo no vão da escada. O encarregado engole saliva. Lejeune responde: tenente Boris Lejeune, estou do outro lado da plantação de batatas, meu general, e acabo de chegar. Em boa hora, diz o general e de imediato o esquece. A conversa logo se transforma numa gritaria que ninguém entende. Lejeune retém as palavras honra, pátria, vergonha, grandeza, ordem etc., antes de escapulir para fora da barraca. A menina então sorri. O encarregado mexe a cabeça como se dissesse é lógico, eu já sabia. À medida que passam as horas, no acampamento militar vai crescendo um sentimento de derrota e de pânico. Lejeune torna a atravessar o batatal e espera. Antes do anoitecer, do acampamento se ergue um zumbido nervoso. Alguns soldados que passam junto dele gritam estamos no meio de um bolsão gigantesco. Os alemães vão nos foder. Lejeune sorri e diz: bom, o curso começou com atraso, mas estamos nele. Perfeito, perfeito, *huifa ayayay*, exclama o encarregado. A menina recua porque de repente se deu conta de que é de noite. Uma hora depois começa o fogo.

Naquele tempo, não sei por que razão (poderia enumerar várias) as oficinas literárias floresceram no Distrito Federal como nunca antes. José Arco tinha algumas ideias a respeito. Podia se tratar de um fenômeno induzido do além-túmulo pelos pais da pátria, ou de um excesso de zelo por parte de algum departamento da Secretaria de Educação, ou da manifestação visível de outra coisa, o sinal que o Furacão enviava, conforme explicava meu amigo entre sério e achando graça. Em todo caso as cifras cantavam: segundo a revista *Mi Pensil*, cujo diretor, redator-chefe e mecenas era o velho poeta e político de Michoacán Ubaldo Sánchez, as revistas de poesia de todo tipo alcançaram de tiragem no ano de..., só no DF, o não desprezível número de cento e vinte e cinco, recorde que então se pensou imbatível; essa torrente de revistas tinha andado em franco descenso desde então e de repente voltou a subir, de trinta e duas, cifra do ano passado, para seiscentas e sessenta e uma no ano atual, e a proliferação, acrescentava dom Ubaldo, ainda estava longe de terminar, pois transcorria o mês de... Para o fim do ano vaticinava a arrepiante cifra de mil revistas de poesia, noventa por cento das quais com toda certeza deixariam de existir ou mudariam de nome e de tendência estética no ano vindouro. Como é possível, perguntava-se dom Ubaldo, que, numa cidade onde o analfabetismo *crescia* meio por cento ao ano, a produção de revistas líricas aumentasse? Assim também as oficinas literárias, que no ano passado somavam cinquenta e quatro, segundo a *Hoja Cultural de Conasupo*,* no ano em curso haviam sido contabilizadas como mais de duas mil. Esses números, claro, nunca chegaram a ser publicados na imprensa de grande tiragem. Na verdade, o fato de que a *Hoja de Conasupo* (que, como seu nome indica, era uma folha tamanho tabloide distribuída entre os funcionários daquele serviço, semanalmente, junto com três litros de leite) se dedicasse a contabilizar as oficinas do DF era bastante suspeito. José Arco e eu tentamos investigar o caso; ou, melhor dizendo, ele tentava e eu o acompanhava, instalado na precária garupa da sua Honda, e aproveitava para conhecer a cidade. O poeta da *Mi Pensil* morava na Colonia Mixcoac, num casarão da rua Leonardo da Vinci. Recebeu-nos encantado, perguntou-me que diabo eu pensava do que acabava de acontecer no meu país, asseverou que nos militares não se podia confiar nunca, depois nos presenteou com alguns números atrasados da *Mi Pensil* (se não me falha a memória, a revista tinha vinte e cinco anos de vida e dezoito números, alguns mais mal editados que outros e nenhum com mais de quinze páginas, através das quais dom Ubaldo tinha pelejado virtualmente com todos os escritores do México). Com um rugido, enquanto ia pegar na cozinha uma garrafa de genebra e uma Coca-Cola tamanho família, nos intimou a irmos tirando nossos poemas: José Arco, com um pequeno

---

* Compañía Nacional de Subsistencias Populares, organismo encarregado do abastecimento e regulação dos preços dos itens da cesta básica. (N. T.)

sorriso, separou um dos seus textos e o deixou em cima da mesa. E o senhor?, disse dom Ubaldo. Eu lhe enviarei o poema depois, menti. (Quando fomos embora, repreendi meu amigo pela sua fraqueza em publicar onde quer que fosse.) No terceiro copo, perguntamos a ele de onde tirava a cifra de seiscentas e sessenta e uma revistas. Gostaríamos que nos fornecesse o nome e o endereço de todas, disse José Arco. Dom Ubaldo o fitou com os olhos semicerrados. Anoitecia e não havia nenhuma luz acesa. A pergunta ofende, jovem, disse o velho, é claro, são muitos anos de luta, e o nome, pelo menos, lhes é familiar. Lhes é familiar?, murmurei. Aos diretores das novas revistas, aos encarregados de fazê-las circular, é familiar o nome da minha revista, pioneira em muitos sentidos, como você certamente não deve saber por ser novo na República. Cara, é claro, claríssimo, disse José Arco, mas em seu artigo o senhor destaca um crescimento muito grande e é difícil pensar que toda essa gente conheça a *Mi Pensil*, não acha? Dom Ubaldo assentiu com lentidão. Depois abriu uma das gavetas da sua escrivaninha e tirou uma revista de folhas verdes, fina, cujas letras impressas pareciam saltar das páginas. Filho, você tem sua parte de razão. Ato contínuo, pôs-se a explicar que lhe haviam chegado este ano cento e oitenta revistas líricas, das quais vinte e cinco eram sobreviventes do ano passado. Entre as cento e cinquenta e cinco novas estava a que tínhamos em nossas mãos. Dali havia tomado a informação sobre as quatrocentas e oitenta revistas restantes, que junto com a *Mi Pensil* alcançavam a cifra de seiscentas e sessenta e uma. Dou fé da veracidade dessa informação, conheço o dr. Carvajal desde sempre. O dr. Carvajal? O diretor do que vocês têm em mãos, jovenzinhos. O que tínhamos em mãos se chamava *México y Sus Letras*, e tinha apenas cinco páginas. A capa, uma folha verde nada diferenciável das de dentro, exibia com letras maiúsculas de máquina de escrever (Olivetti Lettera 25, como depois nos precisaria Jan) o nome da revista bem centrado na parte de cima e sublinhado duas vezes; um pouco mais abaixo, entre parênteses e sublinhado só uma vez, se lia: Boletim Lírico do Distrito Federal; na parte inferior, sem sublinhar, dava-se crédito ao diretor: dr. Ireneo Carvajal. Quando erguemos os olhos, dom Ubaldo sorria satisfeito. A luz da rua que entrava pela única janela da sala dava a seu rosto contornos de diabo de pedra. O doutor é poeta?, pela primeira vez José Arco começou a dar sinais de hesitação, sua voz mal se sustentou na escuridão que rapidamente ganhava terreno. O criador da *Mi Pensil* soltou uma gargalhada: nunca ninguém tinha se atrevido a chamar de poeta o dr. Carvajal. Filho da puta, sim; mau-caráter, cordeiro de Deus, eremita traidor também. Apesar de ter lido mais que nós três juntos, filhinhos. Notei, não sem alarme, que Ubaldo Sánchez, à medida que transcorria o serão, se parecia cada vez mais com o Lobo Mau; nós, por simetria, supus, devíamos estar nos transformando numa Chapeuzinho dupla. Virei a folha: nas páginas internas havia uma breve nota introdutória à que se seguiam nomes e endereços — só em alguns casos — das revistas. Na contracapa, a inocente frase *registro em andamento* possuía um vago sentido lapidar. Logo pensei e senti que a revistinha me queimava a ponta dos dedos. Pode acender a luz, mestre? A voz de José Arco soou peremptória. Dom Ubaldo pareceu brincar. Depois disse algo ininteligível e se levantou pesadamente. A luz, embora anêmica, nos mostrou um cômodo em que os papéis avulsos e os livros pareciam travar um combate permanente. Numa mesinha distingui um busto barato de um guerreiro índio; nas paredes, fotos de revistas em branco e preto e em cores tentavam coexistir com o papel de parede. Poderia nos fornecer o endereço do dr. Carvajal? O velho fez que sim com a cabeça. Bom, disse José Arco, suponho que possamos ficar com este exemplar. Supõe bem, resmungou dom Ubaldo. Ao sairmos, vi uma enrugada foto sépia que havia em cima da escrivaninha: um grupo de militares a cavalo, todos olhando para a câmara, menos um, e no fundo um par de Ford dos anos 20 que emergiam enganosamente de uma grande poeirada estática.

Quando nos abriu a porta, começou a chover. Jovenzinhos, esta cidade de merda está mais viva que de costume, imagino que notam isso. Sim, disse José Arco, nos damos conta. A que se deverá?, murmurou para si mesmo o velho.

Nos dias seguintes não pude acompanhar José Arco em suas andanças, de modo que quando apareceu em nossa cobertura, tanto Jan como eu rogamos que nos contasse o que havia averiguado até então. O relato do nosso amigo, em parte decepcionante e em parte com uma margem de mistério, consistia no seguinte: um poeta, animador da revista *El Norte Volante*, incluída, aliás, no informe do dr. Ireneo Carvajal, e funcionário da Conasupo, onde ocupava um cargo bastante obscuro — não me lembro se era porteiro, office boy ou datilógrafo —, havia sido até o momento sua única fonte de informação. Dessa maneira, fiquei sabendo que a *Hoja* raramente era distribuída entre o pessoal administrativo, podendo ser achada, pelo contrário, em qualquer gôndola da cadeia de supermercados baratos que esse organismo tinha nos bairros do Distrito Federal. Embora dizer qualquer gôndola fosse um exagero, como meu amigo logo compreendeu: havia supermercados aonde a *Hoja* nunca havia chegado e em outros os encarregados podiam, esgaravatando entre o papelório, resgatar *Hojas* de cinco ou seis meses antes. Ao todo, José Arco tinha quatro *Hojas Culturales*, contando a que já possuía antes de iniciar a pesquisa. O poeta da *El Norte Volante* acreditava que alguém do departamento de cultura se encarregava de redigir e editar a *Hoja*, e lá, para nossa desgraça, não conhecia ninguém. Parecia óbvio, dadas a boa impressão e a qualidade do papel, que a *Hoja* contava com recursos financeiros. Saber por que era distribuída nos supermercados não tinha relevância, assim como funcionavam as coisas nos escritórios também deviam funcionar no hipotético departamento de cultura. Aqui o amigo José Arco havia insistido na possível inexistência do dito departamento. Logo, era inútil procurar explicações, causalidades. A entrevista tinha terminado com um convite para que enviássemos inéditos à *El Norte Volante*. Depois José Arco havia percorrido em sua Honda dez ou quinze supermercados baratos e, no fim, sem saber muito bem em que estava perdendo tempo, se achou em posse de quatro *Hojas*. Deixando de lado a que já conhecíamos, as três restantes eram dedicadas a: 1) *Corridos urbanos*;* 2) *Poetisas mexicanas e estrangeiras do DF* (onde aparecia um número incrível de mulheres cujo nome, para não falar em suas obras, desconhecíamos por completo); e 3) *O grafite no DF, uma arte invisível ou decadente?* E isso era tudo, por ora. José Arco pensava que, de alguma maneira, que logo lhe ocorreria, ia conhecer o autor ou os autores da *Hoja*, os quais, nem é preciso dizer, nunca assinavam os artigos. Que classe de pessoa podia ser? Desde um verdadeiro vanguardista a um agente da CIA, em todo caso coisas mais estranhas tinham sido vistas na Conasupo. E, claro, ficava faltando ainda uma entrevista com o dr. Carvajal.

— Talvez a mesma pessoa — sugeri.

— Pode ser, mas não creio.

— O que eu gostaria de saber é como você conseguiu a primeira *Hoja*, a das oficinas de poesia, se bem que, olhe, comparando, são melhores a das poetas e dos grafites — disse Jan.

— É uma coisa bem curiosa — disse José Arco. — Foi a Estrellita que me deu, vocês têm de conhecê-la.

— Estrellita?

— O espírito do La Habana — disse José Arco.

---

* Álbum da banda mexicana Clorofila, formada no final dos anos 1990. (N. E.)

Caro Robert Silverberg,

O senhor é do Comitê Norte-Americano de Escritores de Ficção Científica Pró-Flagelados do Terceiro Mundo? Se não é, minha sugestão é a seguinte: entre, faça parte desse comitê, se associe, estenda subcomitês a San Diego, Los Angeles, Seattle, Oakland, às universidades que frequenta como conferencista, aos balcões dos bares de hotéis três estrelas. Se seu corpo ainda tem a energia que esbanjou em sua obra, entre no comitê e o acelere. Faça de conta que é sua gêmea cega que lhe fala e creia em mim. Eu o vejo capaz de injetar dinamismo a essa associação, de levar adiante os projetos mais inverossímeis; eu o vejo capaz, o senhor e uns poucos mais, de fitar os olhos úmidos da Essência do Comitê e não começar a correr uivando como um louco. Aliás, sua gêmea cega lhe diz: em frente, Robert, demonstre que você não só aprendeu depois de um longo, longuíssimo caminho, a escrever como a gente, mas também que o Comitê Norte-Americano de Escritores de Ficção Científica Pró-Flagelados do Terceiro Mundo pode contar com sua colaboração.

Donald Wollheim teria colaborado. Não sei, talvez o professor Sagan num dos seus pesadelos. (Pensando bem: Donald Wollheim não.) Mas o senhor agora pode fazê-lo e de passagem pôr seus amigos e amigas que escrevem e proporcionar um prazer ao secretário-geral, que se aborrece solitário num quartinho de San Francisco. Telefone para ele, que esse telefone preto toque e que a mão trêmula tire o fone do gancho. Harlan Edison está nessa? Philip José Farmer está nessa ou se masturba na cobertura do edifício? Apoie o Comitê antes que se desvaneçam — primeiro o sono, depois o nada — as escadas de caracol que levam às melhores coberturas. Moradias vazias, janelas sujas, tapetes puídos, na mesa um copo de uísque, um relógio, o travesseiro enrugado, nada disso serve. A imagem, caro Robert, é a seguinte: amanhecer cor de cachorro, por entre as silhuetas das montanhas começam a aparecer as naves, o Chile começa a afundar junto com a América Latina, nós nos transformamos em fugitivos, vocês em assassinos. E a imagem não é estática, não é "para sempre", não é um esforçado sonho heroico, mas se move — em múltiplas direções! —, e os que amanhã se engalfinharem como fugitivos e assassinos depois de amanhã podem enfiar o focinho no vazio, não? Usufruí tanto de algumas das suas páginas... Gostaria que nós dois pudéssemos viver e nos encontrar... Cruzar a linha... Sem controle... E fingir que acreditamos no Olho de Pedra do Comitê é uma piada de Pepito Farmer... Genial! Beijos!

Seu,

Jan Schrella

— Em meio ao fogo e à desordem, Lejeune dá um jeito de fugir com um coronel e um recruta parisiense. O que acha disso tudo, coronel?, pergunta Lejeune sem parar de correr um só instante. O coronel não quer ou não pode responder, por isso nosso tenente formula a mesma pergunta ao recruta de Paris. Uma merda, os culpados de tudo são nossos oficiais, fomos traídos, diz o recruta. Cale-se e corra, ordena o coronel. Por fim, os três se detêm num morro. Dali contemplam a passagem dos tanques e a coluna de prisioneiros que começa a se formar na retaguarda dos alemães. O coronel, exausto, pega um cigarro, acende-o, aspira a fumaça um par de vezes e finalmente aponta para o recruta a brasa chamejante: você deveria ter vergonha de dizer o que disse, juro que vou levá-lo a julgamento por insubordinação e falta de respeito. O recruta dá de ombros. Juro, diz o coronel, que farei você ser fuzilado pelos nossos ou pelos alemães, para mim dá no mesmo. O que pensa disso tudo e o que vai fazer?, pergunta Lejeune ao recruta. Este medita por alguns segundos, depois se vira, aponta a arma para o peito do coronel e dispara.

Lejeune formula de novo a primeira parte da pergunta. O recruta diz que não sabe, que isso vai levar tempo. O corpo do coronel cai na relva escura. Lejeune se inclina e lhe pergunta qual seria em sua opinião a melhor defesa a opor ao inimigo. A ordem, diz o coronel, lívido. Depois diz Deus, meu Deus, e morre. A coluna de prisioneiros começa a se mover. O recruta esvazia os bolsos do coronel, fica com os cigarros, o dinheiro e o relógio e desce do morro para se reunir com os prisioneiros. Lejeune senta no chão. Junto do corpo do morto há uma fotografia de mulher. No verso está escrito "Monique e a brisa. St. Cyr". Observa-a demoradamente. É uma mulher jovem e bonita. Quando se cansa, deixa-se cair de costas e fica assim, deitado, olhando para as estrelas que se avolumam na abóbada celeste. O encarregado da Academia se lembra então que Huachofeo sugeria uma cena semelhante a essa em sua *História paradoxal da América Latina*.

— E a menina?

— A menina desceu as escadas sem fazer barulho, saiu da tulha, chegou em casa, comeu um prato de feijão que tinham lhe deixado na mesa, tirou os sapatos e se meteu na cama junto com a mãe. O encarregado jantou um ovo cozido e uma xícara de chá e se deitou num colchonete coberto por um par de mantas de vicunha. O tenente Boris Lejeune adormeceu olhando para as estrelas.

— Sonham com o Furacão?

— Pode ser.

Na manhã seguinte, o dia de Lejeune é vertiginoso: se faz fotografar com o general Gamelin, com o general Giraud, com o general De Gaulle, com o general Weygand, com o general Blanchard, com o Estado-maior do general Gort, olhando para a paisagem de Arras ou de Ypres, pelas ruas de Lille, de Givet, de Sedan, à margem do Meuse e nas dunas de Dunquerque. O despertar do encarregado, pelo contrário, em quase nada difere da rotina diária: toma o café da manhã com frugalidade e rapidez e põe-se a trabalhar. A menina acorda com febre. Sonhou com uma explosão nuclear, creio que um batalhão ianque atacava Los Angeles com um par de bombas de nêutrons. Junto do rio Bío-Bío estava o Furacão, e ao explodirem as bombas o Furacão se abria, como um cinema gigantesco, e dentro dele havia uma fábrica que se chamava Pompeia, em que fabricavam motos. Motos Benelli. Pouco depois, da fábrica saía uma moto, e depois outra e mais outra: era um batalhão de membros da União da Juventude Comunista do Sul do Chile que marchavam para aniquilar ou ser aniquilados pelos ianques. O encarregado, então, começa a perceber que todas as peças do curso estão chegando ou pelo menos já estão a caminho de Santa Bárbara. A mãe da menina alivia a febre da filha com rodelas de batata crua imersas em vinagre. Boris Lejeune se faz fotografar encarapitado num tanque francês nos arredores de Abbeville.

Hummm, disse José Arco, a mão estendida segurando um palito de fósforo, a assinatura desse cara é um triângulo com boca. Acendi outro. Mas como essa porra de luz pode ter pifado? Está assim há dois dias, olhe, aqui está o que te disse. Eu me aproximei um pouco mais, o cheiro de merda e urina subia do chão, pegajoso. É essa? É, disse José Arco acendendo outro fósforo. Bom, mas se não se distingue nada... Quer dizer que isso é uma caverna? Aproxime-se mais, vou acender dois fósforos, faça o mesmo e olhe. Sob as quatro linguinhas de fogo vi a trama de linhas, algumas bem grossas, outras quase invisíveis sobre a lajota branca, que formavam a caverna. Na verdade, mais que caverna parecia um donut cortado a machadadas. Dentro do donut se distinguia a silhueta ou a sombra de dois seres humanos, um cachorro cagando e um cogumelo atômico. E então, agora está vendo? Fiz que sim com a cabeça. Bastante explícito, não? Bastante aterrorizante, repliquei. O cachorro tem três rabos, percebeu? Sim, claro, é que está abanando o rabo. Mas está cagando também? Claro, caga e abana o rabo. E os homens, o que estão fazendo? Não sei, tive a impressão, da primeira vez que vi, de que estavam de mãos dadas, mas agora eu não tenho certeza; além do mais, preste bem atenção, creio que são sombras, não corpos. As sombras da caverna de Platão? Opa, isso eu não apostaria, mas até pelo tamanho do cogumelo atômico eu me inclinaria pelas sombras. Ou seja, eles estão olhando para nós, e nós vemos as sombras deles refletidas no fundo da caverna. Não, estão de costas para nós, olhando para a boca da caverna, porque no horizonte, bem distante, explodiu uma bomba atômica. Pode ser. E o cachorro? Por que o bicho caga dentro da caverna? He-he. Um detalhe íntimo, não? Ah, não. Acho que se caga de medo, pobre Rintintim. Com medo não abanam o rabo, eu tive um cachorro quando era criança e posso te garantir que não. Eu nunca tive cachorro, sabe?, agora que penso nisso creio que você é o primeiro que conheço que me conta que teve um cachorro. Até parece. Pss, cuidado, vem vindo alguém. Fechei a porta da latrina. Logo depois ouvimos o chiado de um isqueiro e depois o som de algo líquido escorrendo pelo mictório, do lado de fora. Um instante depois, quem quer que fosse fechou a braguilha e saiu. O fósforo tinha se consumido entre meus dedos, notei que a ponta do polegar e a do indicador estavam queimadas. José Arco acendeu outro fósforo. E que assinatura mais peculiar, disse, imperturbável, um triângulo com uma boca de lábios grossos — parecia um meio grito —, sem dúvida influenciado pelo anagrama dos Stones mas em versão cubista selvagem. Chega, já vimos, disse, vamos embora. Examinou bem? Não sei, disse eu, este lugar me dá náuseas. Eu me pergunto se não terá sido o próprio autor que escangalhou a luz, murmurou José Arco. Quando saímos, a iluminação do café nos ofuscou e pareceu acelerar nossos movimentos; não pudemos evitar, era como se dançássemos nos esquivando das mesas até chegar aonde havíamos deixado nossos cafés com leite.

Essas visitas — encontros inesperados e excursões sem sentido — José Arco chamou genericamente de a Investigação. Em linhas gerais, não consistia em nada mais que tentar verificar, estudar no lugar dos fatos, as informações tiradas da *Hoja Cultural de Conasupo* e da revista do dr. Carvajal, além de outras pistas que iam aparecendo no caminho. Em pouco tempo, visitamos muitas oficinas de poesia e conseguimos revistas cuja tiragem não superava em alguns casos dez exemplares fotocopiados. Também abrimos os olhos para não deixar passar inadvertidos os grafites, a arte invisível — ou decadente? — que a *Hoja* nos indicava. A sorte, sem sombra de dúvida, estava do nosso lado, pois logo reuniu num só lugar várias das nossas hipóteses de trabalho. Esse lugar era o café La Habana, onde José Arco encontrou o grafite do Triângulo com Boca ou Triângulo que Ri, estabelecimento frequentado pelo meu amigo em dias anteriores ao começo da Investigação, se bem que não com tanta assiduidade como desde então. No La Habana, uma tarde qualquer, enquanto falava com um grupo de amigos, Estrellita tinha pedido que ele a convidasse para um café com leite e depois deu de presente a *Hoja*. A ele e a mais ninguém. Quando dias depois a procurou em vão pelos arredores da rua Bucareli, encontrou, pintada no banheiro do café, a caverna. Dessa maneira, nos dias seguintes, enquanto procurávamos Estrellita, devo acrescentar que sem muita convicção, o La Habana se transformou no quartel-general das nossas divagações e depois, de forma mais natural, no lugar por onde passávamos depois das onze da noite. Descobrimos que a rua Bucareli, no quarteirão que vai do La Habana ao Relógio Chinês, possuía não só as virtudes de um santuário, coisa que intuíamos digna de ser levada em conta, mas que satisfazia de sobra a todas as nossas necessidades alimentícias: havia uma vendinha de sanduíches atendida por um ex-jogador do Atlante, na outra esquina o La Habana oferecia os *chilaquiles* mais saborosos e em conta do quarteirão; no meio, uma pizzaria baratíssima onde se comia de pé, montada por um americano casado com uma mexicana e que todo mundo chamava de Jerry Lewis, apesar de não se parecer nada com o ator; atravessando a rua, uma venda de tacos e de *quesadillas* onde trabalhavam duas irmãs, bem morenas, que só de me ver me diziam e aí lourinho, e eu lhes dizia mas eu não sou louro, e elas como não e eu insistia que não era louro e assim até que chegava José Arco e resolvia o assunto: claro que você é louro; perambulando por ambas as calçadas, um vendedor de milho, milho macio untado de manteiga, ou com maionese, ou com creme, ou polvilhado de queijo e chile, caolho e bicha, que recomendava sabiamente o cinema Bucareli como o lugar ideal para comer sua mercadoria. O cine Bucareli era, sem dúvida, o rei do quarteirão, o rei benévolo e um pouco vicioso, o anfitrião dos que não tinham onde dormir, a Disneylândia negra, a única igreja a que, por momentos, parecíamos predestinados.

Até que topamos com Estrellita.

José Arco me apontou uma mesa. Lá estava, sentada bem ereta, e junto dela havia duas moças. A da esquerda é Teresa, disse meu amigo com uma ponta de amargura. E a outra? Ah, é Angélica Torrente, vamos para outro lugar. Que história é essa?, gritei. A Estrellita está ali, a gente a procurou como loucos e agora vamos deixá-la escapar? Nem pensar! José Arco não respondeu. Enquanto eu me agitava, com o rabo do olho observei as três mulheres através dos vidros. Estrellita era muito velha e seu rosto comprido era cheio de rugas. Não havia tirado o casaco. Bebia algo e de vez em quando sua cara, na qual tinha se instalado um sorriso permanente, virava para uma ou outra das suas acompanhantes. Elas falavam e riam e pareciam, talvez por contraste, incrivelmente jovens. E vivas, protegidas pela mesma luz amarela do café que caía sobre elas como uma cortina ou como uma cúpula; supervivas e superbonitas, pensei.

Por fim, quase arrastando José Arco, entramos. Estrellita mal percebeu nossa presença na mesa. Já Teresa e Angélica Torrente não pareceram contentes por ter de mudar abruptamente de tema. José Arco, notoriamente retraído (meu amigo, constatei então e, ai, depois, era sumamente tímido com as garotas que lhe agradavam!), me apresentou de uma maneira que pedia claramente desculpas pela intromissão. Olá, disse eu. José Arco tossiu e perguntou a hora. Antes que saísse correndo, puxei duas cadeiras e nos sentamos.

— Então você é a Teresa — o olhar de José Arco, mais que fulminante, era agônico. — Outro dia deixamos a moto na frente da sua casa, você a viu?

— Vi — Teresa, outra descoberta, podia ser glacial apesar dos seus dezenove ou vinte anos.

Angélica Torrente parecia mais aberta e simpática.

— E de onde você saiu? — disse.

— Eu? Do Chile...

As duas riram. Estrellita acentuou um pouco mais seu sorriso beatífico. Sorri. Ha-ha. Sim, venho do Chile.

Angélica Torrente tinha dezessete anos e havia ganhado o prêmio "Eloísa Ramírez" para jovens poetas. (Eloísa Ramírez tinha morrido havia uns quinze anos, antes de chegar à maioridade, deixando no DF um monte de papéis e um par de pais desconsolados, que em sua memória entregavam anualmente uma quantia nada desprezível para o melhor poemário de autor menor de vinte ou vinte e um anos, algo assim.) A graça, em Angélica Torrente, era mais que nada elétrica e um tantinho ácida. Falava como se estivesse na crista da onda e dali pudesse enxergar tudo, embora não prestasse muita atenção por causa da velocidade e das quedas. Era, decerto, muito bonita e em certas ocasiões até dolorosamente bonita. Tinha uma risada não sei se extraordinária para sua idade, uma risada que era, afinal de contas, quando ela já tinha te dado adeus para sempre, a recordação mais indelével dela; sua assinatura, sua marca de fogo, sua arma. Ria com gosto, aberta, feliz, e na combinação do som e dos seus gestos você adivinhava sonhos inquietantes, paranoias, vontade de viver a todo vapor, embora terminasse arranhada e cheia de machucados. Teresa era diferente: não só parecia mais séria, como o era a cada instante. Poetisa também, ao contrário de Angélica e de outras que eu logo conheceria, Teresa trabalhava como datilógrafa e ao mesmo tempo cursava o segundo semestre de medicina. Não morava com os pais. Começava a ser conhecida em algumas revistas — poucas mas boas — como poeta que tinha de ser levada em conta na hora de fazer antologias da poesia jovem mexicana. Sua relação com José Arco, apesar das aparências, era totalmente atípica. Nunca soube, nem perguntei, se tinham ido para a cama alguma vez. Pode ser que sim, pode ser que não. Não creio que importe muito. É sabido que Teresa chegou a odiar José Arco; suponho, portanto, que alguma vez tenha gostado dele. Acima de tudo há algo que a mostra de corpo inteiro: nunca emprestou um livro e, se você cometia a imprudência de lhe emprestar um — como José Arco, mil vezes reincidente —, você podia apostar o que quisesse que nunca mais o veria, salvo em sua estante, de madeira clara com veios e nós de mogno, muito bonita, muito fina.

Estrellita, entre as duas jovens, era como um grãozinho de areia num pires de café.

— Andamos te procurando, Estrellita — disse José Arco.

Estrellita suspirou. Depois disse ah, olhando além do meu amigo, e tornou a suspirar, e o integrou por inteiro em seu sorriso perene.

— Estávamos te procurando por causa da *Hoja* que você me deu outro dia.

— Ah...

— Lembra? A *Hoja Cultural de Conasupo*, a das oficinas de poesia, Estrellita...

— Ah, ah — Estrellita examinou outro ponto remoto e se acomodou dentro do seu casaco.

— Lembra? Uma longa lista de oficinas de poesia, oficinas de poesia do DF.

— De que você está falando? — perguntou Angélica.

— De uma publicação estranhíssima, talvez de um complô — disse eu.

— Sim, sim... — disse Estrellita. — Gostou?

— Muito.

— Ah, que bom...

— Gostaria de saber onde a conseguiu... Quem te deu... Estrellita sorriu. Não tinha um só dente...

— Ah, é uma história bonita e estranha...

— Conte — disseram José Arco e Teresa.

Mas a anciã permaneceu impávida, os olhos de um verde claríssimo cravados na superfície da mesa. Esperamos. O barulho do La Habana, que diminuía a essas horas, nos envolveu como o casaco puído de Estrellita. Era agradável. Angélica Torrente demonstrou então ser a mais prática de todos.

— Quer outro café com leite?

— Quero...

Poucos sabiam com certeza quem era Estrellita. Costumava aparecer nos lugares mais inesperados como uma cópia envelhecida do *Anjo da Independência* ou da *Liberdade guiando o povo*. Ninguém sabia onde morava — embora levantassem muitas hipóteses —, nem se aquele era seu nome verdadeiro. Às vezes, se lhe perguntavam, respondia que se chamava Carmen, outras vezes Adela e outras Evita, mas também garantia que se chamava Estrella, que não era, como pensavam alguns, o apelido carinhoso que lhe havia posto um velho espanhol suicida, mas seu nome verdadeiro. No La Habana se dava por certo que era poeta, muito embora, que eu saiba, poucos ou ninguém tenha lido alguma coisa dela. Segundo ela, já haviam corrido rios e mais rios de tinta, mares, desde que publicara seu último soneto. Tinha um filho. Os velhos jornalistas do lugar, que pouco sabiam de artes plásticas, juravam que ele havia sido um bom pintor. De fato, a única fonte de renda visível de Estrellita era a venda, mesa a mesa, de um lote de reproduções de desenhos do seu filho. Deste se dizia que a heroína havia acabado com sua carreira mas que ainda morava, e aqui vinha o mais triste, com a mãe. Os desenhos eram alucinados, com algo de Leonora Carrington, teias de aranha, luas, mulheres barbudas, anões; em suma, ruins. Ao todo seriam uns vinte, é possível que menos, reproduzidos aos milhares, porque o certo era que Estrellita os vendia e nunca se esgotavam. Quem havia mandado imprimir tantas cópias? O próprio filho? Pelo papel, parecia que desde a data de impressão já haviam transcorrido mais de quinze anos. Estrellita, por certo, os considerava uma bênção, e talvez fossem mesmo: da sua venda se mantinham ela e o filho quarentão, este à base do pão doce que a mãe guardava nos volumosos bolsos do casaco, ela com cafés com leite, cafés com leite em copos compridos e grandes, com uma colher também comprida, para que tocasse o fundo sem molhar os dedos, o manancial da energia.

— Não se queime — disse Angélica.

Estrellita sorveu um gole, provando-o do jeito que viera, depois acrescentou açúcar suficiente para três copos.

— Ah, está uma delícia — disse.

— Você gosta bem doce? — perguntou Angélica.

— Sim...

— Estrellita, vai nos contar onde conseguiu a *Hoja*?

— Vou, vou...

— Onde?

— Num supermercado...

José Arco arregalou os olhos e sorriu.

— Claro — disse. — Que bobo que sou.

— Entrei para comprar um vestido de rainha...

— ...

— E um iogurte...

— ...

— E me deram essa folhinha, grátis...

— Muito obrigado, Estrellita — disse meu amigo.

— Vocês têm alguma coisa para fazer? — perguntou Angélica Torrente meia hora depois, já a par de quanto, em sua opinião, tínhamos metido os pés pelas mãos.

— Não — disse eu.

— Tem uma espécie de festa na minha casa. Querem vir?

— Com muito prazer — disse eu.

Caro Fritz Leiber,

Creio que o senhor deve conhecer esta história. Como um amor à primeira vista, mas sem amor, o Encontro Real acontece; todos os órgãos do corpo detectam e são detectados; radares orgânicos que se arrastam pelas últimas ruas de uma cidade latino-americana, bebendo e tomando lotação, piscando os olhos para o vazio. No outro extremo do balcão do bar, o antropoide de repente descobre que o estranho também está interessado nas figuras desenhadas na parede. A partir desse instante tudo fica, se isso é possível, mais lento; enlaçam-se as cenas aquáticas de dois caras que se encontram em lugares insuspeitos; banheiros de cinema de nona categoria, cantinas cativas em 1940, buracos *funkie*, a montanha-russa de Chapultepec, parques solitários e escuros. Ou então a única cena repetida: o primeiro e último encontro entre o explorador terráqueo e o extraterrestre se deu no pátio interno de uma *pulquería*.* Ao sair por onde não devia,

---

* Bar de *pulque*, bebida alcoólica mexicana. (N. T.)

o terrícola descobriu o alienígena vomitando num canto. Sem perder a calma, levantou a câmara de vídeo e gravou a cena. O alienígena não ouviu o zumbido quase imperceptível da câmara, mas sim a presença de algo que perseguia obscuramente havia séculos. Ao se virar, a lua desapareceu por trás das águas-furtadas. A dona do estabelecimento disse ter ouvido gritos, chape-chapes, insultos, *cantos*. Uns empáticos muito simpáticos, de acordo com suas próprias palavras. Naquela noite, no pátio de terra dura, encontrou manchas de sangue. Daí surge a lenda que diz que todos os anos, em meados de fevereiro, ainda combatem no céu o turista e o nativo. A verdade, creio eu, é que ambos morreram então. Haverá alguma universidade americana disposta a financiar um equipamento que procure as chaves desse Mistério? Alguma fundação privada, quem sabe? A história é verídica e temo muito que profética. É de interesse mútuo etc. etc. para nossa existência mútua etc. etc.

Beijos e obrigado,
Jan Schrella

— Falemos da sua monumental e maravilhosa obra, mas a sério.

— Minha obra, como a chama, começa no terceiro andar da Academia da Batata, na velha Santa Bárbara, ao lado da cordilheira dos Andes. É a história do filho de Juan Gonzales, chamado Boris, aluno-ajudante da Universidade Desconhecida. Um rapaz comum.

— Espere. Creio que alguma coisa está interferindo na entrevista. Não nota nada estranho?

— Devem ser os gritos desses alcoólatras. Nunca imaginaria que intelectuais e homens de letras tão renomados, que Deus cague neles, fossem capazes de armar tanto alvoroço. Até os que adormeceram roncam como ursos.

— Estão celebrando sua vitória, jovem amigo.

— Observe aquele velho: está mordendo a bunda da esposa.

— Não é a esposa dele. Esqueça-o. A vida toda advogou pela palavra justa e pelo silêncio. A alteridade. Agora tem medo, mas ao mesmo tempo está feliz. O motivo da sua felicidade é o senhor. O senhor e seus magníficos versos.

— Tenho a impressão de que o único sóbrio nesta bacanal da República das Letras sou eu. Você, querida informadora, exagerou um pouco na vodca. É evidente que não estou aqui pelos meus "magníficos" versos.

— Enfim, voltemos à sua obra. Como vai a menina? Ainda está com febre?

— Não. Agora no povoado tem festa, e a menina passeia pelas ruas com uma coroa de flores no cabelo. As pessoas se reúnem na Praça de Armas e depois começam a percorrer as ruas do povoado. Vão cantando. Não são muitas, já disse que o povoado não é grande, e o canto que entoam não tem letra, é uma sucessão de aoo aoo iaa iaa que lembra vagamente as carpideiras indígenas.

— Em determinado momento passam em frente à Academia da Batata.

— Sim. O encarregado os observa da janela. A procissão continua até o final da rua Galvarino, vira na Valdivia e se perde. No meio da rua só permanece a menina, e desta vez o encarregado se dá conta da sua presença. O céu, claro, escurece de repente.

— A menina pensa que é a casa das bruxas?

— Não. É pequena demais para isso. Pelo contrário, hesita um instante e entra na Academia. Da janela, o encarregado vê sua sombra que escapole pelo pátio e depois ouve seus passinhos na escada. O espírito do velho se irrita. Ah, pensa, ah-ah-ah. A noiva. A prometida. Os olhos que puderam ver Boris com amor. A imaculada que sobe a escada acreditando que ninguém a vê. Depois, claro, volta aos seus cabos e fitas. Tem tempo, ainda não está na hora de emitir o programa de rádio. A conta de luz da tulha da Galvarino 800 é a mais alta de Santa Bárbara. Provavelmente um dia cairão por esse detalhe; creio que já Dan Mitrione, em sua época, ensinava à polícia como caçar esquerdistas lendo o relógio de luz. Todas as casas que gastam muita ou muito pouca

78

luz, que gastam muita ou muito pouca água são suspeitas. As pessoas, por outro lado, regressaram à praça depois de ter percorrido o povoado em círculo, e dali começam a se dispersar. O silêncio mais uma vez envolve as ruas. Um silêncio que o encarregado agradece: ele pode suportar as intromissões e as meninas curiosas, mas não a bagunça e a farra, que o fazem sofrer pois lhe recordam sua triste vida dedicada ao trabalho. Mas não exageremos. O encarregado, a seu modo, também se embriaga e dança. Seus dias festivos são promessas futuras. Não conhece a chateação. A receita do pastel de batata picante lhe pertence com exclusividade. Nada desprezível, não acha?

— Sua vida, me refiro à sua, jovem amigo, deve ser bastante... triste.

— De fato: desperdicei minha adolescência em cinemas malsãos e bibliotecas infectas. Além do mais, minhas amigas sempre me abandonaram.

— Agora tudo pode mudar. Diante do senhor se abre um porvir brilhante.

— Diz isso por causa do prêmio?

— Por causa de tudo o que o prêmio envolve.

— Ai, querida e ingênua informadora. Primeiro você confunde esta sala metida no meio de quem sabe que tipo de bosque com um palácio de cristal no alto de uma colina. Depois é capaz de vaticinar dias luminosos para a arte. Ainda não se deu conta de que isto é uma ratoeira. Quem diabos acha que sou? Sid Vicious?

Os incidentes que ocorreram na casa de Angélica Torrente ficam, ao recordá-los, num segundo plano, paisagem prévia à campainha da entrada, alguém toca e todos estão trancados no quarto de Lola Torrente, e vou eu, já vou, à porta. Mas há coisas de que ainda me lembro vivamente, olhares, discos (quero dizer a imagem negra brilhante dos objetos discos, não da música) e, acima de todas as coisas, Lola Torrente, dois anos mais velha que Angélica, infinitamente mais morena, de ossos mais fortes e nada magra, cujo sorriso continua sendo para mim o sorriso terminal desse outro México que às vezes aparecia entre as pregas de qualquer amanhecer, metade vontade raivosa de viver, metade pedra sacrifical. Não seria arriscado afirmar que fazia uma hora que eu estava apaixonado por Angélica. Tampouco dizer que por volta da meia-noite, aproximadamente, meu amor foi se extinguindo até morrer de todo, entre copos de álcool e cigarros e não toquem em Mallarmé, idiotas, vão estragá-lo. É possível que Lola Torrente tivesse alguma coisa a ver com essa rápida ascensão e queda de um grande amor platônico. Não quero dizer que, no auge da veleidade, durante o transcurso da festa fizesse um transvasamento do meu afeto de uma para a outra irmã, mas que, primeiro (sejamos honestos), Angélica não me deu a menor bola e, segundo, que sendo eu ali o único que não conhecia todos, meu papel se reduziu mais à observação (muito embora, por desgraça, eu também tenha aberto a boca) e foi assim que num determinado momento descobri que entre ambas as irmãs havia uma estrutura de espelhos, espelhos que as distorciam e as enviavam de volta como mensagens, e assim às vezes uma recebia uma figura parada e inofensiva e a outra, uma bolinha de cristal debaixo da cama, embora a maior parte do tempo o que se enviavam eram raios laser demolidores. A estrela da festa e de tudo era Angélica. A sombra poderosa era Lola. E foi isso e a certeza com que Angélica controlava a situação (mas sobretudo, já disse, sua manifesta indiferença a mim) o que me pôs fora de cena, condenado aos prazeres do observador. De resto, não faltavam pretendentes a Angélica; tampouco, devo dizer, a Lola, embora a força dos dela (na verdade, só um, mas bastante simpático) mal se pudesse comparar com as promessas feitas carne que cortejavam sua irmã. A questão, segundo Pepe Colina, um nicaraguense forte em Horácio e Virgílio, era que Angélica era virgem e Lola não, e que isso pelo menos cem ou duzentas pessoas sabiam. Primeiro fulminei-o com o olhar, há coisas que simplesmente são de mau gosto, depois lhe perguntei como duzentas pessoas podiam estar a par de um detalhe tão íntimo. Por meio de gente como eu, respondeu o nicaraguense. Supus, não sem me ruborizar, que Pepe Colina tinha ido para a cama com Lola Torrente. Par extraordinário, pensei, na tradição do macho baixote e míope e da mulher forte e independente. Acendi um Delicado aparentando indiferença. Senti que estava tendo uma ereção. Fui até o banheiro e terminei de fumar o cigarro. Num determinado momento me olhei no espelho e desatei a rir bai-

81

xinho. Ao sair, quase tropecei em Lola Torrente. Estava meio bêbada. Seus olhos eram escuros e brilhantes. Sussurrou-me sorrindo algo ininteligível e fechou a porta. Eu soube que nossa amizade tinha sido selada.

Voltei à sala dando pulos — literalmente — de alegria. O que José Arco fazia enquanto isso? Rodeado pelos mais tímidos, pelos menos favorecidos e pelos piores dançarinos, meu amigo contava histórias: a nova poesia peruana, o grupo Hora Zero, a faca de prata de Martín Adán, Oquendo de Amat, então desconhecidos entre os jovens poetas mexicanos, e também outras histórias — histórias verídicas e horripilantes como a própria vida — em que sua Honda subia pelas rodovias e estradas de terra do oeste do México até alcançar o ponto culminante da dureza, o que Baldomero Lilli chamava de o centro exato da batata quente, para depois se lançar a cento e vinte ou cento e trinta quilômetros por hora percorrendo as deploráveis estradas do relato.

O conto daquela noite veio à baila em razão de uma ausência prolongada do DF, ou algo assim, pouco importa. Suas linhas mestras mostram José Arco chegando a uma praia solitária onde encontra um cachorro. Nem pescadores, nem casas, nem nada, nela só a moto, José Arco e o cachorro. O resto é o paraíso e na areia meu amigo escreve minha mamãe me mima e as palavras primordiais. Alimenta-se com latas de creme de leite e de atum. O cachorro sempre o acompanha. Uma tarde, aparece um barco. José Arco sobe a escarpa com a moto (no conto, a Honda preta irá aonde você desejar, se seu coração for puro) e o cachorro. Do barco o veem e o cumprimentam. José Arco responde aos cumprimentos. Somos do Greenpeace, gritam do barco. Ai, sussurra José Arco. O que você está fazendo aqui, de onde você é, quem é você, como pôs aquela moto ali, há alguma estrada?, as perguntas do pessoal do barco ficam sem resposta. O capitão diz que vai descer. José Arco e o capitão se encontram na praia. Quando vão se apertar as mãos, o cachorro ataca o marinheiro ecologista. Rápidos, os tripulantes que desceram com ele defendem seu capitão, primeiro dando socos no cachorro, depois dando socos em José Arco. Cinco contra um e um cachorro. Depois cuidam dele, passam mertiolate nele e no cachorro, pedem desculpas, lhe aconselham que mantenha o cão amarrado. Antes do anoitecer, os marinheiros voltam ao barco e vão embora. José Arco, moído, os vê se afastarem deitado debaixo de uma palmeira, com o cachorro a seus pés e a moto a cinco passos. O capitão e os rapazes e moças o cumprimentam do horizonte. O cachorro se queixa, meu amigo também, mas então, quando o barco começa a desaparecer do seu campo de visão, pula na moto e sobe a toda até o ponto mais alto da escarpa. Dali — o cachorro chega meio manco depois dele — ainda pode ver o barco que se afasta.

Teresa: — É mais fácil eu morrer que acreditar nisso.

Angélica: — O que você fez depois?

Pepe Colina (acendendo um cigarro de maconha que depois passa a Angélica): — Irmão, o único marinheiro ecologista decente que já existiu e existirá é o capitão Ahab, um verdadeiro incompreendido.

Regina Castro (poetisa de trinta anos, inédita, fornecedora de pílulas anticoncepcionais para suas colegas mais moças, autora medíocre mas digna): — Me diga o que aconteceu depois com o cachorro.

Lola: — E o que é Greenpeace, hein?

Héctor Gómez (apaixonado por Lola Torrente, vinte e sete anos, assíduo do La Habana, professor primário): — Um movimento pacifista, Lola... Para ser franco, é difícil acreditar no que você nos conta, Pepe.

José Arco: — Não me chame de Pepe.

Teresa (sorrindo para Héctor Gómez, que lhe serve outra

83

vodca): — Mas se é mentira de cabo a rabo, José não gosta de praia, é incapaz de ficar três dias seguidos num lugar sem gente.

José Arco: — Pois fiquei.

Dois estudantes de filosofia: — Acreditamos em você, poeta.

Regina Castro: — E o cachorro? Você o trouxe?

José Arco: — Não, ficou lá.

Pepe Colina: — Ou Jonas, se é que podemos chamá-lo de marinheiro. Ecologista, com certeza, como todos os daqueles dias, mas marinheiro…

Angélica: — Não te seguiu? Estranho…

Antonio Mendoza (bardo do proletariado, vinte anos, corretor de uma repartição pública): — É que José Arco não tem onde enfiar outro bicho.

Angélica (olhando para Antonio com ternura): — O quê?

Antonio Mendoza: — Não tem lugar em casa para outro bicho.

Lola: — Não sabia que já tinham um.

Angélica: — Quem é o cachorro, Antonio?

Antonio Mendoza: — Eu. Às vezes.

José Arco: — Que babaquice você está dizendo, Antonio.

Antonio Mendoza: — E às vezes ele.

Pepe Colina: — Hummm, completamente bêbado. (Ri.) São umas crianças. A não ser que esteja fazendo um trocadilho, xará, só que um trocadilho tão sinistro, além de bobo, não pressagia nada de bom.

Héctor Gómez (a Lola): — Que tal sairmos para tomar um pouco de ar?

Pepe Colina (quando Héctor e Lola saem): — Todos nós deveríamos ir tomar ar…

Antonio Mendoza (de supetão, relaxado): — Eles foram trepar no jardim…

Teresa: — Que língua mais comprida você tem, imbecil.

Antonio Mendoza: — Está com inveja?

Teresa: — Eu? Está bêbado...

Dois estudantes de filosofia: — Ainda não abriram nossas garrafas... Alegria, alegria...

Angélica: — Aqui não se bebe mais!

Antonio Mendoza (pondo a mão na cintura dela): — Escute, Angélica...

Angélica: — Não se meta com minha irmã!

Antonio Mendoza: — Mas eu não...

Regina Castro (autoritária e sem erguer a voz): — Cale a boca de uma vez e sente-se. Eu queria ler um poema para vocês, mas do jeito que estão...

Teresa: — Ai, leia sim!

Pepe Colina: — Mestríssima, sou todo ouvidos.

Dois estudantes de filosofia (servindo bebida aos presentes): — Esperem até estarmos todos preparados.

Estrellita (cuja cabeça surge pela porta da cozinha): — Ah, um recital, que lindo...

Não pude suportar e saí até a varanda sem que ninguém me visse. O poema ameaçava ser de uma extensão inusitada, a infância e a adolescência de Regina Castro em San Luis Potosí, os familiares, as bonecas, o colégio de freiras, o recreio, o avô carrancista,* a cadeira de balanço, os vestidos, os baús, o sótão, os lábios de Regina e da sua irmã mais velha, os saltos altos, os versos de López Velarde. Pelo contrário, lá fora a noite era clara e as luzes acesas de outros apartamentos insinuavam reuniões a dez metros da nossa cabeça, conversas sossegadas cinco metros abaixo dos nossos pés, talvez um par de velhos ouvindo discos de música clássica a quinze metros em linha reta das nossas

---

* Partidário de Venustiano Carranza, um dos chefes militares da Revolução mexicana. (N. T.)

costelas. Eu me senti feliz, supus que não era muito tarde mas, ainda que todas as luzes se apagassem e só restasse eu e o lume do meu cigarro suspensos naquela varanda maravilhosa, aquela espécie de beleza ou de terrível serenidade transitória não ia se esfumar. A lua parecia farfalhar acima da realidade. Às minhas costas, através da massa do edifício, ouvi os murmúrios do tráfego. Às vezes, se eu ficasse parado e não mexesse nem mesmo o cigarro no ar, podia ouvir o clique da mudança de luzes e depois outro clique, ou mais exatamente um ringgg, e os carros compridos continuavam descendo pela avenida Universidad. Três andares abaixo, o pátio de cascalho e o jardim do edifício eram conectados por pequenos caminhos de terra preta que margeavam árvores grandes e canteiros de flores. Da varanda, o jardim parecia um b maiúsculo deitado, assim: ☡. Dentro, num dos semicírculos, havia uma pracinha oblíqua como olho de chinês, com três bancos, duas gangorras, um balanço, presididos por uma pedra considerável, provavelmente uma escultura. Detrás, sinuosa, serpenteava uma linha preta, talvez uma valeta, e meio metro depois se erguia a cerca viva que separava aquele conjunto habitacional de outro. Ali, numa espécie de recanto protegido por arbustos e com a cerca viva detrás, oculto dos passantes mas visível do lugar exato da varanda onde eu me encontrava, Lola Torrente, como se houvesse estado me esperando, levou à boca o pau de Héctor Gómez e começou a chupá-lo.

Mas, bem, aquela não era uma chupada normal: santuário iluminado de improviso, logo só existiram as mãos de Lola, uma ao redor do pênis, a outra enfiada entre as pernas de Héctor, e os dedos de Héctor mergulhados na cabeça dela — sua formosa e forte cabeça de cabelos negros — e a boca e os ombros e os joelhos de Lola sobre um pasto negro ou algo como terra negra ou sombra e os sorrisos que não eram sorrisos e que de vez em quando eles surgiam, comedidíssimos.

Aquilo sem dúvida era o teatro balinês secreto. Só ao voltar para a sala senti um único calafrio. Não havia ninguém. Creio que bebi algo e me sentei. Peguei um livro na mesa. De um dos quartos chegavam vozes, ao que parece haviam entabulado uma discussão. Depois ouvi risos; nada grave. Fechei os olhos: ruídos quase inaudíveis no canal dos fantasmas. Lembrei-me do que Jan contava de Boris. Eu nunca tinha acreditado nele. É verdade, dizia Jan. Você vai ficar maluco, dizia eu. Não, não, não. Selva, lá fora está a selva, pensei. Boris tinha que idade? Quinze ou algo assim? Não, não, não. Levantei-me e fui até a cozinha.

As geladeiras cheias de comida sempre conseguem me espantar.

Voltei à sala com um copo de leite e me sentei. Bebi-o a pequenos goles. Devia parecer ridículo, ali, com as pernas cruzadas e os olhos chorosos. Mas por quê? A voz de Jan soou monótona no fundo do teatro balinês. Eu te disse mil vezes, Remo, e você ainda não entendeu. Figuras premonitórias de um xadrez incompreensível. Só percebo, disse eu, a silhueta de um adolescente... dançando num quarto. Deve se sentir feliz. Um adolescente, de treze anos?, dançando em seu quarto. Agora vira e posso distinguir suas feições, as feições de Boris?; e depois o quarto fica nas trevas, cortaram a luz de todo o bairro e só ouço o ruído da sua respiração, o som do seu corpo dançando em silêncio. Deixei o copo numa mesa dobrável. A perna que eu havia apoiado no joelho começou a espinotear como se o Dr. Invisível estivesse checando meus reflexos com seu martelinho de aço. Calma, falei, fique quieto, vamos, Rintim, calma, he-he, bom rapaz.

Então ocorreu aquele famoso toque de campainha, dim--dom, dinggggg, twititing, juro que não me lembro do som, ikkkk, zimmmmm, lililinnnnn, e me levantei de um pulo porque adivinhei ou intuí, rongggdrongg, que dali à felicidade total, ping, ping, ping, rishhhhh, só havia um ou dois ou três milhões de passos, caminhada que iniciei percorrendo os metros que me separavam da porta, pit pit pit, a qual abri. Era uma moça de cabelos castanhos. Atrás dela: um rapaz muito antipático — e muito feio — com cabelos da mesma cor.

Cara Ursula K. Le Guin,

O que poderemos fazer, nós, *crichis*,* quando chegar a nossa hora? É nossa esmagadora maioria a nossa arma? Será a identificação do agressor com uma víbora a nossa arma? Nossa Fé Cega Surda Muda em sobreviver é a nossa arma? Será a audácia a nossa arma? Nossos arcos e flechas que sobem até os helicópteros como um sonho ou como os fragmentos dispersos de um sonho são a nossa arma? A implacabilidade é a nossa arma? Os Dourados que cavalgam bêbados e sem parar de disparar na direção da coluna de tanques são a nossa arma? Um velho disco de Augustín Lara na beira exata do nada? Os discos voadores que aterrissam nos Andes e levantam voo dos Andes? Nossa identidade *crichi*? A arte da comunicação veloz? A arte da camuflagem? As fixações anais explosivas? O orgulho puro? O que nos darão e

---

* Do romance de Ursula K. Le Guin, *O nome do mundo é Floresta*: nativos de um planeta colonizado pelos humanos, que utilizam a mão de obra *crichi* para derrubar as florestas locais e enviar sua preciosa madeira para a Terra. (N. T.)

o que devemos tomar para resistir e vencer? Parar de contemplar a lua por todo o sempre? Aprender a deter os tanques de Guderian nas portas de Moscou? A quem devemos beijar para que desperte e desfaça o feitiço? A Loucura ou a Beleza? A Loucura e a Beleza?

Mil beijos,
Jan Schrella

— Ah, a noite convida a sonhar, não acha? Quantos jovens terão suas janelas abertas... Que agradável seria não estar trabalhando, não ter que cumprir com uma obrigação.

— Se quiser, eu a acompanho até o terraço. Não viria mal um pouco de ar fresco.

— Não. Continuemos. Mas procure falar sério. Digo isso pelo seu bem, pelo seu futuro artístico. Tudo o que você diz está sendo gravado.

— Onde estávamos?

— Sei lá.

— Voltemos então à noite em que Boris Lejeune vigia os movimentos inimigos junto da plantação de batatas.

— Um rapaz amável... e sonhador.

— É, costuma falar sozinho.

— Como tantos de nós. Tenho uma colega na seção de colunismo social que não para de falar sozinha. Creio que as pessoas pensam que ela é louca, é provável que perca o emprego. Passa o dia todo murmurando. Às vezes recita de uma vez os nomes dos estilistas mais célebres. Para ela mesma ou para seu interlocutor invisível.

— Boris Lejeune diz atenção, atenção...

— Ouve a própria voz ou nem sequer está consciente de que seus lábios se abrem e modulam frases soltas?

— Aqui Boris Lejeune. Atenção, atenção, não serviram para nada os tanques R35, H35, H39, FCM36, D2, B1, FT17, S35, AMR, AMC... Falar sozinho é um costume em nossos países... A guerra civil é irrefreável, diz Lejeune sozinho... É como recitar... Recado especial para meus amigos perdidos: Vaché e Nizan por fim podem formar junto de Daudet e Maurras... Deus não existe... A raça humana é execrável... Merda pica buceta... Et cetera... As luzes, do outro lado do batatal, piscam como seres de outro planeta.

— Estou com frio. Este canto está gelado. E depois?

— Depois, para abreviar, tudo vai mais rápido. A menina passeia pelos arredores de Santa Bárbara. O encarregado sai para dar uma volta de bicicleta. Os equipamentos da Academia continuam funcionando, imperturbáveis, dia e noite, recolhendo grosserias e protestos. As imagens começam a se ordenar e cada uma pode ser numerada segundo o mapa que traçara com pulso firme e imaginação alada o dr. Huachofeo em sua *História paradoxal da América Latina*. Quadro nº 1: um prisioneiro sai de uma prisão em Paris rumo a um campo de concentração alemão. Num anexo da estação, antes de embarcá-lo, lhe perguntam por pura formalidade seu nome. *Me cago en tus muertos*, responde o prisioneiro. Em espanhol. Como?, diz o soldado alemão ou o gendarme francês. Boris Gutiérrez, diz o prisioneiro. Quadro nº 2: um Spitfire cai nos arredores de Southampton. Da terra o pessoal da base o observa. Por que não salta? Quem pilota esse avião? Tentam se conectar por rádio mas ninguém responde. A colisão é iminente, o avião cai em queda livre. O rádio-operador insiste: salte, salte,

salte, tem alguém nesse caça? Logo uma voz muito distante responde: aqui Boris McManus, vou me espatifar... Quadro nº 3: um grupo de guerrilheiros se retira por uma zona próxima de Ucize. Às primeiras horas do dia encontram um companheiro ferido em ambas as pernas junto de um rapaz morto. O ferido explica que o desconhecido o levou até ali. Os guerrilheiros observam o cadáver. Tem vários ferimentos no peito e na cabeça. É impossível que ele tenha te trazido, disse o chefe, está morto há pelo menos vinte e quatro horas. Juro que ontem me tirou da linha de fogo e me trouxe! Desmaiei várias vezes. Doía muito. Conversamos. Ele me contou histórias para me entreter. Disse-me que gostava de cavalos. E que... Os guerrilheiros têm de reconhecer que pelas suas próprias forças o ferido jamais poderia ter chegado até ali. Num bolso do morto encontram um papel: Boris Voilinovic, aluno da Escola de Artes Mecânicas e Voos, de Sarajevo. Estudante da Universidade Desconhecida.

Jan abriu os olhos alarmado, como se me perguntasse que diabos estava acontecendo. Sorrindo e com um tom que tentou parecer sereno, expliquei a ele que eram uns amigos. Isso é evidente, falou, enquanto os outros começaram a entrar um a um no quarto, já sem tempo para Jan se vestir ou para guardar seus papéis esparramados, recortes de jornal, livros de ficção científica, mapas e dicionários que constituíam uma espécie de biblioteca-lixeira que crescia ao redor do seu colchão. Este é meu amigo Jan, murmurei. Só Angélica e Estrellita me ouviram. Jan, quando o último entrou, se levantou de um pulo, com a bunda magra à mostra e as bolas pendentes douradas, e com dois ou três movimentos velocíssimos, de costas para o grupo, enfiou seus papéis debaixo do colchão e voltou a se deitar; depois alisou o cabelo e contemplou os recém-chegados com frieza. Creio que nunca tivemos tanta gente em nosso quarto.

— Jan — falei —, esta é a Angélica, esta é a Lola, irmã dela, este é o Colina, este é o Antonio, esta é a sra. Estrellita, de que havíamos falado...

94

— Só Estrellita — disse Estrellita.

— Encantado — disse Jan.

— Este é o Héctor, este é o César... A Laura.

— Sim, sim — disse Jan.

Enrubesci.

— Este é o Jan, meu amigo e camarada.

— Olá — sorrisos.

— Boa noite — disse Jan com uma voz que não tinha nada de amistosa.

— Que jovem mais bonito — disse Estrellita. — E tem bolinhas cor de ouro.

Jan soltou uma gargalhada.

— É verdade — disse eu.

— Isso quer dizer que está destinado a grandes coisas. As bolinhas douradas assinalam moços capazes de... façanhas enormes.

— Na verdade não são exatamente douradas — disse Jan.

— Cale a boca. Ela as viu douradas e eu também. Isso é o que importa.

— E a mim — disse Angélica.

— E qual é a marca das mulheres, Estrellita? — disse Lola.

— Um copo de vinho?

— Onde estão os copos?

— Isso é mais complicado, meu tesourinho — Estrellita se sentou debaixo da janela, no chão, sem tirar o casaco. — O sorriso, o riso. Embora Eunice dissesse que está no olhar, eu acho que... o sinal é o riso.

— Mas, vejamos, os morenos, a raça de bronze em sua totalidade careceria de destinados, para não falar nos negros.

— Só tem cinco copos e duas cadeiras. Vamos ter que compartilhar os copos.

— O que sabe você de testículos... Quantos ovos viu na vida?

— Poucos, é verdade — reconheceu Colina. — Uns quinze.

— Há muitos estigmas, Colinita — disse Estrellita. — Entre os morenos é o rastro que deixam, a memória e a vertigem...

— Como a Estrellita está loquaz esta noite.

— Deve ser o efeito de ter subido mais de cinco andares sem elevador.

— Sentem-se no chão.

— Ela está acostumada a subir e tresnoitar.

— E a casinha só tem este quarto? — perguntou César.

— A casinha é assim, pequenina.

— O que você escondeu debaixo do colchão?

— Nada!

— Eu e você vamos ter que compartilhar este copo — Angélica sentou ao lado de Jan, na beira do colchão.

— É — disse Jan.

— É verdade que você não sai nunca?

— Quem te disse isso?

— O seu irmãozinho Remo e o José Arco.

— Eles te enganaram. Saio todos os dias. Adoro caminhar pela Insurgentes. Para cima e para baixo, para cima e para baixo, como um soldado da Wehrmacht.

— Como o quê?

— Como um soldado da Wehrmacht — disse Jan. — Percebeu a cor deste edifício?

— Não, está de noite — sorriu Angélica. Ela parecia muito mais atraente que no La Habana ou em sua casa.

— Cinza-esverdeado. Como o uniforme de campanha do Exército nazista.

— Como você sabe?

— Vi em livros. Fotos do uniforme. Exatamente da mesma cor da fachada deste edifício.

— Que sinistro — disse Angélica.

— Você ganhou um prêmio de poesia, não?

— Ganhei. Quem te disse? O Remo ou o José Arco?

— Ninguém. Eu li.

Observaram-se por um instante, sem sorrir, como duas piranhas nadando numa câmara de vácuo absoluto. Depois Jan disse:

— Gostaria de ler alguma coisa sua.

Enquanto isso, eu olhava para Laura sentada diante de mim no outro extremo do quarto, junto de Lola Torrente, com quem conversava em voz baixa. De vez em quando nossos olhares se cruzavam e nos sorríamos, embora não de início, séculos mais tarde, quando estavam comendo os sanduíches que José Arco tinha ido comprar onde só ele sabia, e talvez então nem mesmo nos sorríssemos por simpatia mútua, pelo menos abertamente, mas porque pouco a pouco foi crescendo nas reduzidas dimensões do quarto a energia que Jan e Angélica aparentavam, imóveis como estátuas, ruborizados como namorados malaios, e os demais por fotossíntese ou porque assim éramos então ou porque naquele lugar e naquela noite não nos foi dado nos comportarmos de outra maneira, juro que não sei!, começamos a nos sorrir, a ser cada vez mais namorados malaios uns com os outros, comendo e bebendo sem pressa e sem pausa, à espera de que alguém ligasse o amanhecer na janela debaixo da qual Estrellita dormia.

Ficava submersa numa xícara de azeite a chegada dos pais das irmãs Torrente, a debandada meia hora depois, minha proposta de continuar a festa — o que fosse — na cobertura, a caminhada por um DF noturno em táxis que traçavam figuras geométricas e canções rancheiras no rádio, a precisão da madrugada mexicana!, e os rostos, imaginados ou entrevistos através dos vidros de outros carros, que entravam depressa no túnel, decididos como atores ou comandos, para surgir do outro extremo dispostos para o carinho, requintadamente maquiados. Só eram

97

reais (quero dizer, soberanamente reais) os sorrisos de Laura do outro lado do quarto, sorriso de meteorito, meio sorriso minguante, sorriso insinuado, sorriso de colega e de fumaça, sorriso de faca numa armaria, sorriso pensativo e sorriso que se encontrava com o meu, sem pretextos: sorrisos procurados, sorrisos que procuravam. Mas não imagine o paciente leitor que aquilo era uma sucessão de caretas. Deus me livre de uma moça que em tão breve prazo fosse capaz de sorrir de tão diversas formas. Não. Todos os sorrisos cabiam em um. O olho do apaixonado é como o olho da mosca, de tal maneira que é possível que tenha incluído nos lábios e nos dentes de Laura sorrisos alheios.

Mas inclusive isto, que importância tinha? Por acaso, paulatinamente, Laura não foi se transformando em todos e em tudo? Como a mãe impoluta e condenada, como a princesa asteca impoluta e condenada, como a vagabunda do Tepeyac impoluta e condenada, como *la llorona* impoluta e condenada, como o fantasma de María Félix...

Levantei de um salto. Sentia-me um pouco enjoado.

Anunciei que ia descer até o café chinês que ficava a dois quarteirões do edifício para comprar pão doce. Pedi que um voluntário me acompanhasse. Quase de imediato pensei que José Arco era capaz de se oferecer e já ia retificar quando Laura disse vou com você, não demoro.

A quem disse não demoro? A César?

Enquanto eu contava o dinheiro que me passavam, não parava de tremer e cantar dentro de mim.

— É uma casa de bonecas, gostaria de ter um lugar assim — disse ela quando saímos.

As nuvens, vistas da cobertura do prédio, pareciam chupar a eletricidade da cidade; uma inclusive deslizava uma espécie de bracinho que quase roçava nos edifícios mais altos.

— Vai chover — disse Laura.

Seu rosto, iluminado pela lâmpada pendurada acima da porta do nosso quarto, pareceu por um instante ficar transparente, cara de prata durante uma fração de segundo em que só continuaram vivos, terrenos, seus olhos castanhos.

— Sabe que nome eu te daria? — falei quando descíamos a escada.

— A mim? — ela riu, ao passar pela porta do sr. Ruvalcava.

— Sim, sim.

— E por que pensou em me dar outro nome? Não gosta do que tenho? — perguntou no saguão, enquanto eu abria a porta.

— Gosto muito do seu nome. Foi lá em cima, de repente me ocorreu. Mas não importa. Apago-o.

— Agora você tem que me dizer.

— Não, já está apagado.

— Que nome?

— Jure que não vai ficar com raiva.

— Depende. Diga.

— Escute, falando sério, não fique nunca com raiva de mim. Você me faria sofrer muito — ri como um coelho, mas sentia aquilo do fundo do coração.

— Que nome? Não prometo nada.

— A Princesa Asteca.

Laura gargalhou com vontade. Na verdade, eu tinha ficado como um idiota e também ri. Por Deus, que otário eu sou, falei. É mesmo, disse Laura. Deixamos a Insurgentes. Como eu acreditava, o café chinês continuava aberto.

(Alguns dias depois contei a José Arco esse incidente. Que coincidência, disse ele, tem uma moto, uma Benelli, que se chama Princesa Asteca. É uma moto marrom, grande, não muito maltratada, e no tanque traz escrito o nome com letras prateadas. Se quiser podemos ir vê-la. Para quê, falei. É uma moto roubada, te venderiam barato. Não, disse eu, esqueça, não sei dirigir, não me interessa. O cara é poeta, disse José Arco. Chama-se Mofles. Você gostaria de conhecê-lo. Eu mal tenho dinheiro para comer, falei, nem sequer tenho carteira de motorista, além do mais não gosto, detesto essas latas-velhas de merda. Está bem, está bem, disse José Arco.)

— Às vezes — eu disse a Laura — fica a noite inteira aberto, outras vezes fecha às seis da tarde, de forma imprevisível. Não tem horário.

— Bonito lugar, apesar de um pouco bagunçado.

— Chama-se Flor de Irapuato. Acho que o proprietário não se interessa pelas coisas externas.

— Por que não Flor de Pequim ou de Xangai?

— Porque o dono nasceu em Irapuato. Só seus honrados avós nasceram na China, acho que em Cantão, mas pode ser que me engane.

— Ele te contou?

— Emilio Wong, proprietário, cozinheiro e único atendente. Se quiser, tomamos um café com leite antes de voltarmos. Você pode perguntar a ele por que tem esse horário destrambelhado.

— Por que você tem esse horário tão esquisito? Foi o Remo que me disse; é a primeira vez que venho.

— Na verdade não é esquisito — disse Emilio Wong —, é flexível e às vezes imprevisto, mas não é esquisito.

— Tem uns *bisquets* muito bons — disse eu.

— O Remo me contou que às vezes você não fecha até amanhecer.

— Hi-hi, deve ser nas noites em que tenho insônia.

— O que eu não te contei é que quando o Emilio tem insônia escreve poemas. Por favor, não lhe peça que nos leia um. Ele conta vender o negócio daqui a uns anos e ir para o Brasil.

— De caminhonete — disse Emilio.

100

— Por que não quer que nos leia um poema?

— Não adivinhou? É seguidor dos irmãozinhos Campos.

— E quem são eles? — O rosto de Laura brilhava em meio às tênues luzes cor de areia que pendiam acima do balcão. Emilio Wong, do outro lado, franziu a testa, compreensivo. Pensei que já estava apaixonado para o resto da minha vida. Quis dizer isso a Laura, mas Emilio e ela riram. O chinês explicou algo sobre escrever um diário de viagem concretista, visual, ou talvez tenha sido Laura quem lhe perguntou, antes de se virar para mim e confessar que ela também gostaria, Brasil?, viajar de caminhonete?, ser dona de um café chinês? Eu gostaria é de ter um café como este, falei. O rosto de Laura se acendia e se apagava. Não eram as luzes; às vezes tinha cabelo louro, outras vezes castanho, e às vezes olhava para mim muito tranquila embora no espelho do balcão seus olhões parecessem flechas em câmara lenta, mas flechas muito distantes e muito tristes, e eu me perguntasse por que eu via de tal modo seus lindos olhos escuros enquanto no balcão as genealogias iam e vinham, os Wong de Cantão, os Wong de San Francisco e de Los Angeles, os Wong de Tijuana e os que atravessaram a fronteira rumo ao sul, coisa pouco frequente num casal chinês estabelecido na Califórnia, até ir bater, depois de uma esteira de negócios desastrados, em Irapuato e morrer. E Laura no meio, se compadecendo, se maravilhando, assentindo quando Emilio dizia que seus avós deviam ter boas razões para partir de San Francisco, a máfia dos cozinheiros e dos donos de lavanderia não perdoa, imagine que coisa mais horrível morrer entre vapores de cozinha e de lavanderia, neblina pior que a da Londres de Jack, o Estripador, encantada com as receitas de porco e cobra frita e de morangos ao forno, garantindo-lhe que tinha uma bonita cafeteria, muito *original*, e que voltaria outro dia, não duvide, rogando-lhe que não a vendesse ou que a alugasse para ela quando por fim estivesse pronto para ir para o Brasil.

— Os irmãozinhos Campos... Era uma piada idiota. Desculpe.

— Não tem importância — disse Laura. — Está perdoado.

Terminamos de tomar os cafés com leite. Emilio havia enrolado os pães doces num papel pardo.

— Bom, vamos indo.

— Me dá não sei o que deixar o Emilio aqui sozinho — falei.

— Que ele venha conosco, então.

— Oh, não, estou acostumado, que bobagem — disse Emilio.

Quando saímos, Laura parecia diferente. Todo o entusiasmo anterior tinha se esfumado. Caminhamos de volta sem dizer palavra. Estávamos subindo a escada quando ela disse:

— Quero te prevenir de uma coisa, Remo, sou uma pessoa má.

Disse aquilo em voz baixa, quase inaudível. Na escuridão da escada me deu a impressão de que sorria.

— Não acredito.

Laura parou.

— É verdade, sou muito má, sofro por bobagens e faço os outros sofrerem. Às vezes acho que sou uma assassina em potencial ou que estou ficando louca.

— Está de brincadeira — disse-lhe enquanto aproximava meu rosto do dela e lhe beijava os lábios.

Nunca tinha desejado beijar alguém tanto quanto à Laura.

— Viu? Eu queria que você me beijasse, apesar de saber que quando contar ao César vou magoá-lo.

— Quando vai dizer?

— Não esta noite, claro.

— Menos mau.

Os olhos de Laura brilhavam como no Flor de Irapuato. Eu me senti perdido e feliz no meio daquela escada. A própria escada, que antes não significava nada de especial, se transformou numa coisa extraordinária, metade serpente, metade despenhadeiro.

— Eu nunca tinha me apaixonado — quase gritei.

— Está apaixonado por mim?

— Acho que sim, mas não se preocupe. A culpa é da minha educação; estou profunda e verdadeiramente apaixonado.

Laura esboçou um sorriso de tristeza, por breves instantes fomos, não duas pessoas de carne e osso, mas dois desenhos animados. Disse isto a ela: tenho a impressão de que agora somos dois desenhos animados recortados contra um fundo real. Ou talvez não tão real.

— João e Maria? Branca de Neve e os sete anões? — perguntou Laura.

— Não sei. Vou tocar num seio seu para me certificar.

— Está bem. Toque.

Acariciei seu seio direito, depois o esquerdo, depois suspirei e emiti uma risadinha besta, hi-hi-hi, sim, é esta a madrasta e este seu espelho.

— Você parece o Compadre Coelho — disse Laura, me beijando.

Pensei que a ponta da escada se retorcia. Acima de nós, embora suficientemente longe para nos tocar, brilhava uma luz. Laura me perguntou para o que eu estava olhando. Indiquei-lhe o brilho cada vez maior e mais próximo.

— Parece até que a escada está se inclinando — falou.

Era verdade. A luz estava quase em cima da nossa cabeça.

— Você tem lábios muito gostosos — falei.

— Você também. Salgados.

Passei a língua pelos lábios. Os dela tinham gosto de ervas e leite de cabra (com que leite Emilio Wong prepararia seus cafés?), mas não lhe disse nada.

— Você está mesmo apaixonado?

— Claro.

— Mas por quê? Hoje eu me senti tão mal. Fui ver a Lola porque estava deprimida; além do mais dava para notar, não?

— Quando te abri a porta me apaixonei por você. Parecia séria.

— O coitado do César não queria vir. Eu tinha passado o dia arrastando ele pra lá e pra cá. E só por causa do carro dele, acho.

— Que garota mais prática e sincera — falei, admirado. Laura sorriu satisfeita e tornou a me beijar. Nos abraçamos como se nunca mais fôssemos nos ver.

— Poderíamos fazer amor aqui que ninguém ficaria sabendo. Que edifício mais estranho, este — disse ela.

— O Jan diz que é um totem da Wehrmacht — informei.

— Acho que eu não poderia.

— O que você não poderia? Quer dizer que não poderia trepar?

— Sim. Que não daria. Não teria ereção. Eu sou assim.

— Você não tem ereções?

— Não. Claro que tenho, mas agora não poderia, é um momento, como te explicar, muito especial para mim; muito erótico, também, mas sem ereções. Olhe, toque.

Peguei sua mão e levei-a à braguilha.

— É, não está ereto — riu Laura, mas bem baixinho. — Não é muito comum num cara. Vai ver que é a escada.

— A escada não tem nada a ver — Laura não tirou a mão do meu pênis.

— Será que você não está com medo?

— Um pouquinho.

— Não é virgem? — Mal a ouvi: falava em meio a risos curtos e mais luminosos do que a luz que se esparramava vinda do patamar.

— Mais ou menos. Em todo caso, haveria muito a conversar. Mas juro que não conto morrer virgem — falei.

— Ah.

Afastou a mão, permaneceu um momento pensativa, depois acrescentou:

— Gostei do seu amigo chinês. Agora me diga seriamente, ele *também* é poeta?

— É. Meu Deus, espero que não te incomode ele não ficar duro.

— Não, não.

— Ai, ai, acho que sim.

— Não, seu bobo, é verdade. Me incomoda que você diga que está apaixonado por mim. Só isso. Vamos subir, devem pensar que aconteceu alguma coisa conosco.

Visto da cobertura, o céu estava carregado com a mesma intensidade que ao sairmos. Nuvens gordas e escuras davam passagem ou eram atravessadas por filamentos de nuvens arroxeadas. De muito longe chegava o som da chuva, embora naquela zona da cidade não caísse nenhuma gota. Antes de entrar no quarto, Laura se virou e me deu um beijo no rosto. Quando ela já se separava, retive-a pelos ombros. Através da porta ouvíamos as vozes dos nossos amigos. Gostaria de continuar falando com você, disse a ela. O tom, com certeza, não era o indicado. Nos sorrimos absolutamente distantes. Tomara que chova a cântaros, pensei.

— Quer dizer que Princesa Asteca. Que engraçado — murmurou. — E por que te ocorreu isso?

— Já te disse. Não sei.

Entramos. Jan falava aos berros, e nos cumprimentou erguendo um copo. Estava totalmente bêbado. Eu me sentei no chão e logo depois também estava com um copo na mão.

— É verdade que você acredita que isso é normal? Quero dizer, são normais estas festas artísticas no México? Cada vez tenho mais a impressão de que há algo de insano aqui. Muito triste e muito obscuro.

— Sim. As pessoas bebem. Não se moderam. A alegria sobe de tom. É sempre assim.

— Menos mau que posso falar com alguém. Se estivesse sozinho, já teria ido embora.

— Isso teria sido um pouco difícil. Ao vencedor não é permitido abandonar sem mais nem menos a festa que dão em sua homenagem...

— Eu imaginava.

— Pobre amigo meu, não faça essa cara de resignação. Prossigamos com sua obra. Por que tantos cenários europeus? Será que não sabe que a autêntica universalidade está no particular, na província?

— Por favor, não adote esse tom, parece a irmã que faltava aos Taviani. Na verdade, e não digo isso como justificativa, não

106

há cenários europeus em minha humilde obra-prima. Há leituras infantis que tornam a aparecer, meio nostalgia, meio desespero. Revistas cujos nomes não me lembro: *U-2*, *Comando*, *Spitfire*, não sei, provavelmente tinham outros nomes... Também pode se ver como uma interpretação dos ensinos de Huachofeo: nas extrapolações encontramos abertas as portas que taparam para nós... Uma frase bem do Sul, bem de Concepción... Mas pergunte, não quero aborrecê-la.

— Não está me aborrecendo. Tenho calafrios. O senhor diz que estamos numa clareira do bosque?

— Vamos ao terraço e veja com seus próprios olhos. Ou abramos esta janela, não creio que alguém note.

— Não, não faça isso. Logo sairemos nós dois, de braços dados, para respirar ar puro. Agora creio que cairia mal para mim. Fale-me de alguma coisa, o que for, da nova poesia mexicana.

— Por Deus. Insisto: você não está bem, vamos sair deste antro ou pelo menos tome um café. Aqui recende a sêmen e sucos vaginais!

— É verdade. Mas de velhos.

— De velhos intelectuais, eu acrescentaria.

— Fale-me da sua obra. Desconfio que se eu continuar assim vou perder o emprego.

— Não te faltarão ofertas de trabalho. Você é uma jornalista simpaticíssima.

— Obrigada.

— E muito, mas muito sacrificada mesmo.

— Obrigada. Se não se incomoda, voltemos ao tema.

Cara Ursula K. Le Guin,

Eu tinha lhe escrito uma carta, mas por sorte não a enviei: era uma carta pretensiosa e cheia de perguntas cujas respostas a senhora de alguma forma deu em seus belos livros. Tenho dezessete anos e nasci no Chile, mas agora moro na cobertura de um prédio de México DF de onde se podem observar amanheceres extraordinários. Na cobertura há vários quartos mas só cinco estão habitados. Num deles, moro com um amigo de duvidosa cidadania chilena. Noutro, digamos o segundo quarto, embora de modo algum estejam nessa ordem, mora uma empregada doméstica, também chamada *sirvienta* ou *criada* ou *chacha* ou *chica*, com seus quatro filhos de pouca idade. No terceiro mora a empregada de um dos apartamentos, o do advogado Ruvalcava. No quarto mora um velhinho apelidado de Espelho; ele sai pouco mas eu também saio pouco, de modo que vamos deixá-lo de lado. No quinto vive uma mulher de uns quarenta e cinco anos, de aparência impecável e delicada que desaparece de manhã cedinho e não volta antes das dez da noite. No que poderíamos chamar de corredor central da cobertura, ladeado por jardineiras que lhe dão um ar alegre e tropical, há três chuveiros e dois banheiros, todos minúsculos, embora cômodos e com portas de madeira robusta. Os chuveiros só têm água fria, menos um, o da mãe quadripartida, privado e com cadeado, que tem um boiler esquentado com serragem, mas em geral isso não é um problema, salvo em raras ocasiões, quando os dias esfriam até a total impossibilidade higiênica. A cara e as mãos lavamos num corredor lateral, nos tanques de lavar roupa. O edifício tem seis andares e meu quarto dá para a avenida, que posso contemplar da nossa única janela (grande, isso sim) sem nunca deixar de me maravilhar diante de tanta extensão e luminosidade. Meu colchão, como o do meu amigo, está instalado diretamente no chão, um chão curioso de tijolos cor de mostarda e marrons, e é daqui que escrevo as cartas e os rascunhos do que num dia remoto pode vir a ser um romance de ficção científica. Por certo, é duro. Procuro aprender, estudar, observar, mas sempre volto ao ponto de partida: é duro e estou na América Latina, é duro e sou latino-americano, é duro e para acabar de amolar nasci no Chile, mas Hugo Correa (conhece?) poderia me contradizer. No que diz respeito às cartas, todas são dirigidas a escritores de ficção científica dos Estados Unidos, escritores que sensatamente suponho vivos e de que gosto, como James Tiptree Jr., Theodore Sturgeon, Ray Bradbury, R. A. Lafferty, Fritz Leiber, Alfred Bester. (Ai, se eu pudesse me comunicar com os mortos escreveria a Philip K. Dick.) Não acredito que muitas das minhas missivas cheguem a seus destinatários, mas meu *dever* é esperar que sim com todas as minhas forças e continuar enviando. Os endereços eu tirei dos fanzines de ficção científica, inclusive muitas das cartas foram enviadas diretamente a fanzines de diversos pontos dos Estados Unidos com a esperança de que seus diretores façam as mensagens chegar a seus presumíveis autores favoritos. Outras cartas vão para o endereço de editoras, alguns de agências literárias (principalmente os célebres irmãos Spiderman) e umas poucas para o endereço pessoal dos escritores em questão. Digo tudo isso para que a senhora não acredite que esse trabalho é simples. Na verdade é, mas eu poderia convencer qualquer um do contrário. Assim, friamente, creio que até poderia afirmar à senhora que a única coisa que faço é escrever cartas e mais cartas a pessoas que com toda probabilidade nunca conhecerei. É divertido; alguém poderia dizer que é como usar o rádio antes que inventassem o *ansible*,* he-he. Anos e anos de espera para receber uma resposta enigmática. Mas suponho que não é o caso, e se for não dramatizemos. Ah, cara Ursula, na verdade é um alívio enviar mensagens e ter todo o tempo do mundo, quer dizer, eu tentei convencê-los mas não os vi, ter sonhos estranhos e no entanto aprazíveis... Embora os sonhos cada dia sejam menos aprazíveis. Li que um em cada dez americanos sonhou alguma vez com mísseis nucleares cruzando um céu estrelado. Talvez sejam mais, talvez muitos prefiram esquecer os pesadelos da noite anterior. Na América Latina, o sonho, eu temo, está relacionado com outros demônios. Um em cada vinte sonhou que observava Abrão e Isaac no Monte. Um em cada dez sonhou com a Fuga para o Egito. Um em cada cinco com *Quo Vadis?* e Victor Mature. Mas o pesadelo dominante é outro, que os entrevistados esquecem com os primeiros uivos do despertador. Todos, sem exceção, respondem que pelo menos uma vez na vida sofreram o Pesadelo-Chave, mas ninguém se lembra dele. Sombras e corpos vagos, palavras ininteligíveis e uma sensação, ao acordar, de possuir um terceiro pulmão ou de ter perdido um ao longo da noite, depende, é tudo o que sabemos. E paro por aqui, são

---

* Instrumento de telecomunicação que aparece no romance *Os despossuídos* (1974), de Ursula K. Le Guin. (N. T.)

oito da manhã, demos uma bonita festa em nosso quarto mas agora estou com sono. Tudo está tão bagunçado! Estou sozinho. Vou sair para escovar os dentes num dos tanques, depois cobrirei a janela com um trapo preto e dormirei... Por que escrevo estas cartas?... Talvez só para incomodar, talvez não... Talvez tenha ficado louco de tanto ler romances de ficção científica... Talvez essas sejam minhas naves NAFAL... Em todo caso e acima de tudo receba meu eterno agradecimento.

Um abraço,
Jan Schrella

Tentei beber. Tentei rir de palavras colhidas ao acaso que de maneira alguma eram suscetíveis de ser festejadas. Acordei Estrellita do seu sono tão pacífico, tão além da cobertura e das frases que auguravam vitórias, com uma xícara de chá que a velha tomou sorrindo antes de cair no sono outra vez. (Me senti péssimo.) Tentei parecer meditabundo, frívolo, invisível, folheei em meio ao barulho um livro de crítica literária; na verdade desejava que todos fossem embora, apagar a luz e me deixar cair em meu colchonete. Em determinado momento as pessoas começaram a desaparecer. Jan se vestiu e saiu ao corredor com José Arco e as Torrente. Depois sumiu Pepe Colina. Não me alarmei até que Laura e César, este aparentemente mais bêbado que eu, foram embora. Senti-me deprimido. Preferi não me mexer, ficar quieto e esperar. A depressão, suavemente, se transformou em angústia. No quarto, de repente imenso, permanecemos Héctor, Estrellita e eu. Depois me contaram que Angélica havia se sentido mal e a tinham levado para dar um passeio pelos corredores da cobertura. Como num filme de assassinatos, os passeantes não haviam permanecido juntos por muito tempo: Jan e Angélica entraram num dos banheiros, José Arco e Lola fumaram um cigarro nos varais de roupa onde Pepe Colina logo se juntou a eles. Não me lembro quanto tempo transcorreu até a porta tornar a se abrir e todos foram reaparecendo um a um. Antes que o último entrasse levantei de um pulo, incapaz de suportar a possibilidade de que Laura não estivesse entre eles. Mas estava e, quando nos olhamos, eu soube que nosso caso não ia terminar naquela noite. Embora a noite, essa sim, tenha acabado em algum momento, apesar de parecer interminável.

Deveria perguntar a alguém ou consultar algum almanaque, às vezes tenho certeza de que foi a noite mais longa do ano. Tem mais, às vezes seria capaz de jurar que não acabou como acabam todas as noites engolidas de repente ou ruminadas por um bom tempo, com um lento amanhecer. A noite de que falo — noite gatesca de sete vidas e com botas de vinte léguas — desapareceu ou se foi em momentos díspares e, à medida que se ia como um jogo de espelhos, chegava ou persistia uma parte e portanto toda ela. Hidra amabilíssima, capaz de, às seis e meia da manhã, voltar inopinadamente às três e quinze por um espaço de cinco minutos, fenômeno que sem dúvida pode ser incômodo para alguns mas que para outros era mais que uma bênção, um perdão real e uma forma de rebobinar.

2

— Sonhei com o astronauta russo... Agora sei de quem se trata...

— Ah, é?

— De Beliaev... Alexander Beliaev...

— Que astronauta russo?

— Uma figura que se aproxima de uma espécie de cela ou de sala de espera onde estou... Um cubículo plúmbeo e mole... Entre ele e mim há uma malha, de modo que posso ver sem muita dificuldade o que há do outro lado, a paisagem de onde vem Beliaev.

— Estou com o corpo todo moído... Que horas são?

— Seis, seis da tarde.

— Ah, que nojo... Mas o que você faz na cama?

— Eu me deitei faz uma hora, por pura solidariedade, para que tivéssemos o mesmo ritmo...

— Sim, sei, sei... Quando voltei, você dormia feito uma pedra.

— Estava dormindo mas acordei. Fiz a comida, tomei um

banho, trabalhei e voltei a dormir... Por que não tira o pano preto da janela?... Agora escute: detrás da malha havia um aeroporto...

— Claro.

— Para lá do aeroporto, no fim de uma planície, podia-se divisar com absoluta clareza a silhueta de duas montanhas... Era nessa direção que nós dois olhávamos no princípio do sonho, mas depois ele se aproximou até onde eu estava e se apresentou com um sorriso e com maneiras refinadas... Era Alexander Beliaev... Sabe quem é?

— Não tenho a menor ideia, Jan.

— Um escritor de ficção científica.

— Era o que imaginava... Já leu alguma vez Tolstói, Bulgákov?

— Pouco...

— Era o que supunha... Você tinha que ler outros autores russos; em geral outro tipo de escritores. Não vá passar a vida lendo histórias de naves espaciais e extraterrestres.

— Não me repreenda e escute, é divertido: o aeroporto parecia na verdade um campo de tênis e as montanhas, um par de pirâmides de papelão... Mas se você contemplasse a paisagem com atenção, havia algo, um brilho irreal em torno de tudo, e Beliaev sabia disso e queria que eu me desse conta... Algo em seus olhos velados pelo visor do capacete espacial me indicava com vivacidade a presença incorpórea de outras pessoas... a trupe invisível... um campo de energia...

— O quê...

— Não estou entendendo nada, disse a ele, meus conhecimentos de física são deploráveis e no Liceu só me dediquei a escrever poesias. Tive vontade de chorar de impotência... Nos sonhos, quando vêm as lágrimas, tudo escurece paulatinamente ou clareia até o branco absoluto... Então ele falou pela primeira vez; pude ver como seus lábios se mexiam, pausados, embora a voz tenha irrompido procedente de outros lugares, como se na salinha houvesse vários alto-falantes escondidos: sou Alexander Beliaev, falou, cidadão soviético e professor da Universidade Desconhecida.

— O que é a Universidade Desconhecida?

— Uma universidade que ninguém conhece, é claro. Alfred Bester a menciona num conto. Quanto a Beliaev, como seguramente você deve saber, nasceu em Smolensk em 1884 e morreu em janeiro de 1942, de fome, em Leningrado.

— Que merda...

— Depois Beliaev me deu as costas e desapareceu. Sobre a planície apareceu primeiro um vento fortíssimo e depois umas nuvens negras de temporal; as cores, no entanto, nunca foram tão vivas como então. Pensei que assim devia ser a agonia. Eu me senti como pego num cartão-postal ao mesmo tempo que contemplava paradoxalmente o progressivo afastamento da paisagem. Até que a rede da quadra de tênis se soltou. Foi muito esquisito. De repente se desamarrou e caiu como uma pena. Tive a certeza de que ali nunca mais iam jogar. E acordei. Você falava dormindo.

— Ah, é?

— É. Com a Laura.

— Bom. E aqui?

— Um escândalo. Acho que nunca mais vou convidá-los. Ficam agressivos demais quando bebem: o César saiu na mão com o José Arco. Ainda bem que não me escolheu como bode expiatório.

— Jan, não se trata de bodes expiatórios. Além do mais, eu sei me defender... Quem ganhou?

— Nosso amigo, claro, mas com um pouco de ajuda.

— Não me diga que foram vários a bater no coitado do César.

— Seria mais correto dizer que o agarramos. Só o José Arco deu um soco nele.

— Eta bando de covardes. Olhe, não acredito.

— He-he-he…

— Não me espanta que depois você sonhe com Beliaev. Deve ser teu sentimento de culpa que te corrói.

— Digamos que foi em legítima defesa. Seu rival é um machinho perigoso. Bom, eu pelo menos pisaria em ovos com ele. Antes de ir embora jurou que faria você pagar, com juros é claro, cada soco do José Arco. Não muitos, para dizer a verdade.

— O que a Laura vai pensar?

— Ele também disse algo sobre a Laura, mas prefiro não dizer. Não sei como te passou pela cabeça sair com a Laura naquela hora. O César estava desesperado, procurou vocês um tempão pela cobertura. Deve ter pensado que vocês tinham se escondido em algum banheiro, tradição bastante usual, digo isso por experiência própria. Quando voltou ao quarto sem vocês, explodiu. A propósito, onde vocês se meteram?

— Caminhamos até Chapultepec, conversando o tempo todo. Depois tomamos juntos o café da manhã e eu a acompanhei até o metrô.

— Pois é. O César imaginava vocês num hotel de má fama.

— Que otário.

— Ainda bem que nosso querido José Arco foi hábil com os punhos, mas não ache que é um estilista, eu diria que em vez disso é um cara que suporta bem os socos. Além do mais, pense no seguinte: seu rival em amores queria, enquanto brigava, quebrar o maior número possível de objetos desta sua humilde casa. O José Arco, ao contrário, se preocupava mais com os copos, os livros e os dedos esparramados pelo chão que com seus próprios sopapos.

— Algum dia perderá a vida por delicadeza.

— Batamos na madeira… Em todo caso, a confusão acabou bem. Eu e a Angélica pusemos para fora o namorado frustrado.

Não foi derramada uma só gota de sangue. O sono da Estrellita só foi perturbado quando chegou a hora de ela ir embora. Eu rejeitei as propostas do Colina e do Mendoza de me juntar ao grupo em busca de um restaurante aberto para tomar o café da manhã. Minha negativa foi excelentemente aproveitada por este último para ir embora abraçando a Angélica pela cintura. Gesto bem-intencionado, se considerarmos que deviam ser sete da manhã ou algo assim. Enfim, eu deveria dizer: gesto angelical, mas no fundo são outras as minhas preocupações. A Lola e o Héctor se foram antes da briga. O José Arco ficou um tempinho comigo e arrumamos um pouco a bagunça. Em geral o que fizemos foi rir como loucos do seu amigo César e de todos. Por fim ele também se foi e eu me deixei cair no colchonete. Mas não dormi: escrevi uma carta a Ursula Le Guin. Pode botar hoje no correio para mim?

— Claro. O que você conta a ela?

— Falo dos sonhos e da Revolução.

— Não diz nada da Universidade Desconhecida?

— Não...

— Por que não pergunta se ela sabe onde fica?

Os dias seguintes, ou talvez devesse dizer as horas seguintes, foram, na opinião de muitos, excessivamente doces. Até então eu era um observador no DF, um recém-chegado bastante pretensioso e um mau poeta de vinte e um anos. Quero dizer que nem a cidade me dava bola nem meus sonhos conseguiam exceder os limites do pedantismo e do péssimo artifício. (Ai, se então nada houvesse ocorrido ou pelo menos se Jan e José Arco tivessem ficado de boca fechada, agora eu não estaria onde estou mas no Paraíso dos Homens de Letras da América Latina, isto é, dando aulas numa universidade americana ou, no pior dos casos, corrigindo provas numa editora de porte médio, remanso aprazível, promessa infinita.) No entanto os dias foram doces. Dulcíssimos. Jan e José Arco mergulharam em cabalas e estatísticas que até então nos pareciam impensáveis. Minha condição de observador subsistiu, mas com um acréscimo: o olho que observava podia se transmutar nas ruas e nos objetos vistos, aquilo que alguém (Chateaubriand? O iate do cruzeiro?)* chamou de

---

* De um diálogo do filme de Orson Welles *A dama de Xangai*: "Sra. Banister,

o orgasmo seco. À chamada da Princesa Asteca caíam os projetos, os poemas, a arte amorosa de bolso e a prudência; tudo menos o DF (que da noite para a manhã me adotou) e Lewis Carroll.

Nosso cotidiano logo se viu alterado: surgiram os encontros amorosos por um lado e o prazer do labirinto e do casulo por outro. José Arco conseguiu uma reunião com o dr. Ireneo Carvajal. Pepe Colina, posto a par por nós naquela noite da existência das *Hojas de Conasupo*, nos passou o endereço de um tal Leonardo Díaz, poeta entregue de corpo e alma aos paradoxos literários. As cartas de Jan com destino aos Estados Unidos se multiplicaram. Em meus sonhos, Laura chegou a dizer vá em frente, vá ao encontro do furacão, emoldurada numa paisagem alpina, com os cabelos brilhantes e eletrizados. Na vida real, Laura dizia te amo, vamos ser muito felizes. E muito bons!, eu acrescentava. Temos que ser bons e caritativos, Laura! Temos que ser piedosos e desprendidos! Laura achava graça, mas eu falava sério. Uma tarde, nunca vou me esquecer, enquanto subíamos pelas escadas rolantes do metrô, dancei um sapateado. Isso foi tudo. Eu nunca nem sequer havia tentado e saiu perfeito. Laura me disse como você dança bem, parece Fred Astaire. Eu estava surpreso. Dei de ombros e meus olhos se encheram de lágrimas.

— Por que você está triste?

— Não sei, mas me sinto como se tivessem me furado — falei.

— Só por dançar um sapateado? Coitadinho, venha, deixe eu te abraçar.

— Fiquemos imóveis e abraçados, topa?

— Mas aí atrapalharemos as pessoas que saem.

— Bom, então vamos sair nós também, mas devagarinho.

---

a senhora sempre teve guardas para vigiar sua casa, ou o iate em que acaba de fazer um cruzeiro?". (N. T.)

E o eco: Temos que ser bons e caritativos, Laura! Temos que ser piedosos e desprendidos, vamos ver se o terror não resolve nos pegar. Laura ria, claro, e eu também, mas minhas risadas não eram tão seguras. Quanto a Jan, falei que suas cartas se multiplicaram. De fato, quase todo dia escrevia cartas e lia livros de ficção científica que José Arco e eu lhe trazíamos aos montes. Os livros eram quase todos roubados, o que não era difícil indo às livrarias em companhia de José Arco, contumaz nesses misteres. Nada fácil era satisfazer as listas de títulos e autores que Jan nos exigia, muitos deles sem tradução em espanhol, e que devíamos surrupiar de livrarias especializadas em literatura de língua inglesa, pouco abundantes no DF e, o que é pior, muitas delas com um regime de vigilância interna mais próprio da biblioteca pública de Alcatraz. No entanto, e depois de pequenas aventuras sem maior importância, Jan teve à sua disposição todos os livros que desejava. Estes, sublinhados, anotados, sublinhados de novo, foram se empilhando por todos os rincões do nosso quarto de uma forma caótica que chegava a impedir a circulação; sair para urinar de noite sem estar bem desperto e sem acender a luz podia ser perigoso: um chato — E. E. Smith, um ratinho — Olaf Stapledon ou quase toda a obra de Philip K. Dick brincando de ser uma pedra podiam te derrubar a qualquer momento. Não era raro despertar no meio de um pesadelo com um livro de Brian Aldiss ou dos irmãos Strugatski metido entre os pés, e era inútil, claro, fazer deduções sobre como o livro em questão tinha chegado a esse lugar, se bem que eu deva reconhecer que não fazíamos a cama com muita frequência. (Não creio pecar por exagero se digo que uma vez meus próprios gritos me acordaram: eu não só estava chutando um livro, como tinha suas páginas agarradas com os dedos dos pés, feito um macaco, com o agravante de que um dos pés tinha ficado dormente e os dedos, contra toda lógica, engarfados nas folhas, sem querer largá-las.) Até que por fim Jan resolveu pôr ordem naquele lixão galáctico. Um belo dia os livros apareceram junto da parede, mas empilhados de tal modo que na verdade, mais que um monte de livros, aquilo parecia um banco de praça de armas. Faltavam as árvores e os pombos, mas o ar, a aura emergiam do montão de volumes roubados. Ao cabo de alguns instantes me dei conta de que era essa, precisamente, a intenção.

— Como conseguiu? — exclamei, surpreso.

— Com paciência — Jan tinha um aspecto estranho, superexcitado, com a pele quase transparente.

— Me lembra... os bancos da Praça de Armas de Los Angeles.

— Moral da história: nunca despreze os livros de bolso.

No dia seguinte, o banco desapareceu ou, melhor dizendo, se metamorfoseou numa mesa modernista de uns quarenta centímetros de altura, de interior maciço embora com um par de túneis que se abriam em dois dos lados — tinha cinco —, confluíam no centro e saíam, unidos, pelo outro extremo, o extremo cheio de arestas. Para maior ironia, Jan havia posto no meio da mesa, em cima da capa de um livro de John Varley, um copo com água e uma flor.

— Quem me deu o cravo foi a filha da sra. Estela.

— Que bonito, Jan, que bonito...

— Hummmm, é, não está mau... Se quiser podemos comer aqui, é resistente, mas teremos que improvisar uma toalha, viu? Não quero que você manche nenhum livro.

— Não, cara, não brinque, vamos comer na mesa de verdade.

— Que nada, toque, toque, é forte, está bem-feita, idiota.

Almoçamos ali, em cima dos livros previamente cobertos com uma manta fina, e jantamos ali — José Arco esteve conosco e de início não acreditava, de modo que tive que levantar a manta para que ele visse que a mesa era feita com livros. De noite, antes de dormir, Jan chegou a me sugerir que se eu quisesse podia escrever em sua mesa. Neguei-me redondamente.

Passado um instante, perguntei a ele:

— Sentou nela?

Jan estava de olhos fechados e parecia, de fato, adormecido, mas me respondeu com um timbre de voz claríssimo.

— Não.

— Achou que o banco não ia te aguentar?

— Não, não foi isso.

— Por que não se sentou então, idiota? Ou por que não me pediu que sentasse?

— Fiquei com... medo... Não, medo não. Pena. Muito profunda. Merda, parece a letra de um *corrido*.

— Não, de um bolero... He-he-he... Boa noite, Jan, sonhe com os anjos.

— Boa noite, Remo, escreva boas coisas.

Então fui eu quem teve medo. Nem pena nem inquietação. Medo. Ali, com um cigarro pendurado nos lábios, o quarto iluminado somente com a luz da minha lamparina, meu amigo que logo ia começar a roncar e a descansar de verdade (quisesse Deus) e a cidade girando lá fora.

Mas chegava o amanhecer e o medo ia embora. O amanhecer que dizia olá olá seus medrosos olá olá sabem quem sou? enquanto empurrava os vidros da janela e nossas sombras contra a parede. Claro, dizia eu. Cinco minutos depois, meio adormecido e tapando a cabeça com o lençol, Jan dizia é claro. Você é o amanhecer extraordinário que prometeu nos visitar a cada três dias. Exato exato dizia o amanhecer e nós bocejávamos, preparávamos um chá, um pouco chato este amanhecer, não?, fumávamos, contávamos nossos sonhos. Olá olá *ajúa*, sou o amanhecer mexicano que sempre derrota a morte.

— Claro — caçoava Jan.

— Sem dúvida — murmurava eu.

O lar do dr. Ireneo Carvajal nesta terra ficava no quarto andar de um edifício construído nos anos 50 num bairro proletário onde abundavam as crianças — no quinto andar, a julgar pelos ruídos, haviam instalado uma creche — e escasseavam o silêncio e o mistério com que José Arco e eu havíamos adornado o entorno do diretor do Boletim Lírico do Distrito Federal. O doutor nos recebeu enfiado num robe cor de tabaco que chegava até suas panturrilhas e que parecia excessivo para o calor reinante; era um homem magro, o rosto anguloso marcado por rugas precisas e simétricas, de idade indefinível entre os quarenta e os sessenta anos. Seus modos se ajustavam aos de um sujeito triste e bem-educado. A gola da sua camisa delatava certo desleixo ou pobreza que contrastava com o mobiliário da sala, pequeno-burguês e limpo. Não olhava nos olhos. Assim, nos ouviu em silêncio, com a vista cravada no chão ou no pé de uma poltrona, e à medida que José Arco explicava o motivo da nossa visita começou a morder os lábios com cada vez mais frequência, como se de repente nossa presença constituísse uma angústia. Quando finalmente falou, pensei que seria para nos indicar a porta de saída. Não foi assim.

— Jovens — disse —, não consigo entender o interesse que lhes produz um fenômeno nada extraordinário.

— Não lhe parece curioso, pelo menos, que no DF haja mais de seiscentas revistas de literatura?

O dr. Carvajal sorriu benevolente.

— Não exageremos. Meu admirado Ubaldo, sempre tão telúrico, achou a cifra um exagero. Seiscentas revistas de literatura? Depende do que aceitemos como revista e do que consideramos literatura. Mais de uma quarta parte dessas revistas são na verdade folhas fotocopiadas e depois grampeadas, com uma tiragem de não mais que vinte exemplares, em alguns casos menos. Literatura? Sim, para mim sim; para Octavio Paz, dando um exemplo, não: garatujas, sombras, diários de vida, frases tão misteriosas quanto uma lista telefônica; para um professor universitário, rastros distantes, apenas o rumor de um fracasso desconhecido; para um policial, nem mesmo subversivo. Em todos os casos: palavras que possuem certa a-historicidade literária. É claro, he-he-he, não me refiro às revistas oficiais.

— Continua me parecendo um fato extraordinário, perdão, quero dizer: inquietante. Dom Ubaldo nos disse que ele supunha que no ano passado o número de revistas editadas no DF não tenha ido além das duzentas.

— Na *Mi Pensil* ele afirma — acrescentei — que lá para o fim do ano pode haver mais de mil, digno de figurar no *Guinness*.

— É possível — o dr. Carvajal deu de ombros —, mas, ainda que fosse assim, continuo sem ver que interesse vocês têm por isso... Querem verificar um recorde? Querem fazer uma antologia de textos raros? Desenganem-se, não há textos raros; miseráveis e luminosos, alguns, mas raros não.

— Isso nos interessa como sintoma.

— Sintoma de quê?

José Arco não respondeu. Supus que meu amigo pensava no Furacão. O dr. Carvajal se levantou com um sorriso enigmático e saiu da sala. Voltou com algumas das revistas.

— Folhas fotocopiadas, folhas mimeografadas e até manuscritas, órgãos de oficinas de poesia totalmente órfãos, fanzines de música moderna, letras de canções, uma obra de teatro em verso sobre a morte de Cuauhtémoc, todas com alguns erros de ortografia, todas humildemente no centro do mundo... Ai, México...

As revistas, esparramadas na mesinha que separava nossas cadeiras de madeira do nosso anfitrião, me pareceram esqueléticas como os prisioneiros dos campos de concentração nazistas; assim como eles — quero dizer, como as fotos que nos mostram deles —, eram em branco e preto e tinham os olhos grandes e afundados. Pensei: eles têm olhos, estão olhando para nós. Depois, aparentando uma calma que de repente havia me abandonado, falei:

— Sim, parecem bastante pobres — e de imediato me senti um idiota.

— Como sintoma da revolução — a voz de José Arco, ao contrário da minha, soou convencida e firme, embora eu tivesse me dado conta de que estava fingindo.

— Ah, que pretensão! — exclamou o doutor. — E como você faria felizes os idealizadores dessas folhas! Para mim, ao contrário, são o sintoma de certa tristeza. Permitam-me que lhes conte um fato similar que pode ser altamente instrutivo para nós; vocês podem encontrá-lo no livro *Dez anos na África*, do sacerdote Sabino Gutiérrez, de Chiapas. Os fatos narrados pelo padre Gutiérrez ocorreram numa aldeia perto de Kindu, no que era então o Congo Belga, lá pelos anos 20, embora nosso padre só tenha estado duas vezes nessa aldeia, a primeira para visitar seu amigo Pierre Leclerc, missionário francês, a segunda para levar flores ao túmulo dele. Ambas as visitas foram breves. No intervalo, durante o qual Gutiérrez percorreu o sudeste do Congo até o lago Moero sem nenhum proveito evangélico mas com uma grande excitação de turista impenitente, para depois se estabelecer em Angola pelo espaço de oito meses, ocorreram os fatos que vou lhes contar e que me parece guardam uma espécie de relação, se não com o fenômeno das revistas, pelo menos com o que temo que vocês entrevejam por trás do fenômeno. Antes de continuar, devo lhes advertir que depois de anos na África, investidos quase todos em viagens e expedições cujos motivos, aliás, o autor nunca esclarece, o padre Gutiérrez não se surpreendia facilmente. No entanto, nessa aldeia próxima de Kindu houve algo que despertou sua curiosidade: os nativos davam mostras de uma destreza manual inusitada, de uma facilidade para a carpintaria que ele nunca havia visto. Ou talvez não fosse a destreza, mas a disposição, a atmosfera. Lembra, numa página afetuosa, seu único passeio pela aldeia em companhia de Leclerc, que ele conhecia de Roma e com quem parece unido por uma verdadeira e profunda amizade apesar da diferença de temperamento (Sabino Gutiérrez é mundano, culto, brilhante, capaz de revisar sua tradução de Píndaro em Katanga; Leclerc é descrito como um ser bondoso, risonho, alheio às pompas e vaidades). E enquanto passeiam, nas choças ou *rucas* como você as chamaria, vai observando, com uma surpresa cada vez maior, os objetos de madeira que a arte da carpintaria, assumida de maneira coletiva, foi criando. Leclerc, ao ser interrogado, não compartilha o assombro do seu amigo: foi ele que introduziu muitas das ferramentas que os nativos usam, parece-lhe uma coisa boa e sadia o que fazem, não entende o início de assombro de Gutiérrez. Este não insiste, mas de noite, a única que passarão no povoado, sonha com cadeiras, tamboretes, armários, cômodas, mesas de todos os tamanhos —

principalmente mesas pequenas —, banquetas, casinhas de cachorro ou casinhas de boneca, e uma infinidade de objetos que poderíamos classificar em três itens: os móveis propriamente ditos, os brinquedos ou imitações do progresso europeu, como trens, automóveis, fuzis etc., e os inidentificáveis ou objetos artísticos, como pranchas furadas, discos dentados, cilindros enormes. No dia seguinte, antes de ir embora, Leclerc o presenteará com um dos objetos de madeira que tanto o haviam transtornado: um Cristo crucificado de dez centímetros talhado numa madeira macia e como que sumarenta, de cor preta com veios amarelos, que nosso viajante recebe encantado, a peça sem dúvida é excelente; o resto são efusões de carinho entre ambos os sacerdotes e promessas de um não longínquo reencontro. Meses depois, instalado em Luanda, Sabino Gutiérrez recebe uma carta do seu amigo que num longo pós-escrito torna a lembrar os trabalhos de carpintaria. Estes, diz Leclerc, cresceram de maneira considerável, a ponto de dar ocupação a toda a aldeia com uma ou outra exceção. Os camponeses trabalham as terras como ausentes, os pastores perdem interesse pelos seus rebanhos. Leclerc e as duas freiras enfermeiras começam a se preocupar. Mas o problema está longe de ser grave, na verdade o francês o relata como algo jocoso, inclusive toma uma série de iniciativas, que não darão resultado, para comercializar as peças em Leopoldville. A partir de então Sabino Gutiérrez, em cada carta enviada a seu amigo, pergunta pelos nativos carpinteiros. A situação permanece estável durante meio ano. Depois, uma nova carta de Leclerc dá o sinal de alarme. A febre da carpintaria tomou conta do povoado e parece contagiosa: em algumas aldeias vizinhas os homens, as mulheres e as crianças começam a serrar com o único serrote comunal, a martelar com dois martelos comunais, a pregar os poucos pregos existentes, a limar, a encaixar, a colar. A falta de meios é suprida com imaginação e técnicas autóctones.

132

Os objetos terminados se amontoam nas choças e nos pátios, excedendo a aldeia enfebrecida. Leclerc fala com os mais velhos. A única resposta que consegue, o diagnóstico dos bruxos, é que o vírus da tristeza e da exaltação se propagou no povoado. Surpreso, muito a contragosto, reconhece em sua própria alma um pouco de tristeza e um pouco de exaltação, como um reflexo diminuto e disforme das emoções estabelecidas em sua aldeia. A seguinte e última carta é sucinta; possui, segundo Sabino, a simplicidade de estilo de um De Vigny e o desespero e religiosidade de um Verlaine (he-he, lá vem ele, sua capacidade como crítico literário não difere muito da dos nossos atuais resenhistas). Podemos supor que na verdade aquilo tudo não importava porcaria nenhuma. As ruelas da aldeia estão entulhadas de utensílios de madeira que ninguém usou nem usará. Os carpinteiros se reúnem em segredo com comissões de carpinteiros vindas de outros lugares. Quase ninguém assiste à missa. Como medida preventiva, o padre mandou que as freiras se retirassem para Kindu. Os dias, tensos e inativos, ele ocupa talhando um crucifixo — chegando a esse ponto, pede a Gutiérrez que jogue fora o crucifixo que lhe deu em sua visita anterior, "pois a compulsão falseia a figura de Cristo", e prometa que o substituirá "pela talha que atualmente trabalho" ou "por um Cristo andaluz lavrado em prata". Lamenta-se da situação da aldeia. Pergunta-se pelo futuro das crianças. Se compadece pelo trabalho de anos. Mas não especifica o que teme nem onde se esconde o maligno. Fala, isso sim, de mortes: colonos brancos assassinados, um simulacro de greve numa mina de estanho, e nada mais. Alguém diria que só o preocupa sua aldeia e que tudo o que acontece fora dos seus limites carece de realidade. De alguma maneira se sente responsável; não esqueçamos que ele foi, por assim dizer, o carpinteiro-mor. Agora nem sequer é capaz de se horrorizar diante da estranha banheira de madeira que um grupo de adolescentes abandonou em sua horta. A despedida é rápida. As freiras se vão e devem levar a carta. Leclerc fica só. Meses depois, Gutiérrez fica sabendo da sua morte. Passada a surpresa e depois de realizar de Luanda averiguações infrutíferas, nosso sacerdote mexe todos os pauzinhos ao seu alcance para voltar ao Congo, ao lugar onde seu amigo descansa. Por fim consegue. O problema agora são as autoridades belgas, que se mostram recalcitrantes à visita. Os acontecimentos da aldeia X são considerados confidenciais. Depois de muito insistir, Gutiérrez se inteira de que a morte de Leclerc não tinha sido acidental. Seu amigo foi assassinado durante uma revolta negra. A explicação oficial, a partir dali, é vaga, talvez tribos vizinhas tenham lutado, talvez a carnificina tenha sido incitada pelos feiticeiros. Fixado em Kindu, Gutiérrez leva uma vida absolutamente heterodoxa. Obtém afinal a autorização para visitar a aldeia em companhia de um funcionário colonial e de um médico. Ao chegar, as poucas choças que estão de pé, o novo dispensário, os seres vivos que vislumbra através das portas escuras e o próprio ar que se respira apresentam um aspecto execrável. O cemitério, arrumado com esmero, mostra uma enorme proporção de cruzes novas. A uma pergunta de Gutiérrez, informam-lhe que as missionárias anteriores voltaram para a Europa. Claro, ninguém quer se lembrar de que naquela aldeia haviam trabalhado a madeira; dos antigos carpinteiros e entalhadores não resta um só vestígio. Exasperado, nosso padre decide visitar sozinho o túmulo do seu amigo. Então se dá conta de que leva no bolso o crucifixo que Leclerc lhe pediu que jogasse fora. Tira-o do bolso e observa-o pela última vez. É um Jesus estranho, sereno e forte, e até, visto de certo ângulo, sorridente. Atira-o no mato. De imediato se dá conta de que não está sozinho; primeiro escuta e depois vê um velho que sai do tronco de uma árvore e esquadrinha o lugar em que o crucifixo foi cair. Gutiérrez, gelado de medo, permanece imóvel. Depois de um instante de busca, o velho se levanta e sem se adiantar até ele, na verdade mantendo distância, lhe fala. Chama-se Matala Mukadi e vai lhe contar a verdade. Foram os brancos que mataram Leclerc. Trezentos nativos tiveram a mesma sorte e os que não foram queimados ainda devem levar entre os ossos as balas que os brancos dispararam. Mas por quê?, pergunta Gutiérrez. Por causa da rebelião. A aldeia inteira se rebelou. Os mineiros se rebelaram, tudo aconteceu de repente, como um milagre. E os brancos esmagaram a rebelião de forma exemplar: morreram mulheres, crianças e velhos. Os que buscaram refúgio junto ao padre francês foram mortos na própria casa da missão, depois queimaram a metade do povoado e cercaram a zona. Os brancos tinham armas de fogo, os nativos só espingardas de madeira, pistolas de madeira. Por que mataram Leclerc?, pergunta Gutiérrez e espera que o negro responda que por ele ter apoiado a luta dos carpinteiros, mas o velho é taxativo: por acaso. Uma carnificina rápida, claro. O negro levanta tendo na mão uma estatueta de madeira. Magia?, pergunta Gutiérrez antes de o outro lhe dar as costas e ir embora. Não, diz o negro: vestido, roupa da aldeia. Nosso sacerdote entende que quando ele diz aldeia quer dizer raiva ou sonho. Separam-se sem mais palavras. A partir do momento em que Gutiérrez dá maior crédito à versão do negro que à dos brancos, pouco mais pode fazer ali. Dois anos mais tarde deixa a África e depois a Europa para sempre. Volta a Chiapas, onde se dedica a escrever suas memórias e ensaios sobre temas religiosos até o dia da sua morte. Seus últimos anos, a crer em seu editor, outro padre, são tranquilos e anônimos. Isso é tudo...

O dr. Carvajal permaneceu em silêncio; seu rosto, iluminado pelos últimos raios de sol que filtravam por entre as folhas da cortina, tinha um aspecto de caveira coberta caprichosamente por uma película de carne. Sua cabeça, não obstante, dava uma impressão de fortaleza e saúde.

— O que tento lhes dizer — acrescentou por fim — é que pouco importam seiscentas revistinhas mais ou menos...

— O que tem de ser, será, não? — interrompeu-o José Arco.

— Exato, jovem, e a única coisa que um intelectual pode fazer é contemplar a explosão, à distância adequada, claro.

— Para mim, os que fazem essas revistas — falei folheando quatro folhas que traziam o ambíguo título de "Paraíso perdido e paraíso recobrado" — também são intelectuais.

— Artistas do fogo — corrigiu-me o dr. Carvajal —, artistas dos detritos, desempregados e ressentidos, mas não intelectuais.

— Sim — disse José Arco —, ladrões de motos.

O dr. Carvajal sorriu, comprazido, no fundo era um neorrealista de cineclube.

— Vítimas — embora sorrisse, sua voz soou terrível. — Atores inconscientes de algo que com toda certeza eu não verei. Ou talvez nem mesmo isso: uma combinação do acaso carente de significado. Nos Estados Unidos estão viciados em vídeo, tenho bons dados. Em Londres os adolescentes brincam por alguns meses de ser estrelas da música. E não acontece nada, claro. Aqui, como era de se esperar, procuramos a droga e o hobby mais barato e mais patético: a poesia, as revistas de poesia; que podemos fazer, não por nada esta é a pátria de Cantinflas e de Agustín Lara.

Estive a ponto de lhe dizer que o que ele estava afirmando me parecia incorreto: a poesia era para mim, naqueles anos, e talvez ainda hoje, a disciplina literária com maior êxito na América Latina. Que se falasse mal de Vallejo, que não se conhecesse com profundidade a obra de Gabriela Mistral ou que se confundisse Huidobro com Reverdy era algo que me deixava doente e, depois, furioso. A poesia dos nossos pobres países era um motivo de orgulho, talvez o principal, daquele jovem turco que uma vez por semana se apoderava de mim. Mas não disse nada a esse respeito. Pelo contrário, lembrei algo que havia lido nos papéis que Jan guardava e o relacionei de imediato com o tema da nossa conversa.

— Não acredito que o vídeo seja a droga dos americanos, se bem que a verdade é que não sei se o senhor se referia aos video games ou a fazer seus próprios filmes. Mas posso lhe garantir que um novo hobby está ganhando terreno: os jogos de guerra. O leque é amplo, embora basicamente haja duas vertentes. Os jogos de mesa (agora também se encontram em fitas para computadores), que consistem num tabuleiro hexagonal e fichas de papelão chamadas contadores. E os jogos de guerra ao vivo ou de fim de semana, semelhantes aos que jogávamos quando crianças, só que os gringos que agora o praticam pagam quantias bastante consideráveis que dão para manter o negócio. Os primeiros, isto é, aqueles em que o campo de batalha é um tabuleiro hexagonal, colocam o jogador no papel do Estado-maior, mas há também jogos táticos (os anteriores são chamados estratégicos) como a série dos Squad Leader, em que cada ficha (há mais de mil) representa dez homens, mais ou menos. A duração desses jogos, via de regra, é superior a cinco horas e há inclusive jogos cuja duração chega a vinte ou trinta horas. A origem, creio, está no Kriegspiel alemão, um jogo de guerra abstrato. A outra modalidade põe o jogador, como se se tratasse de uma peça de teatro, na pele do soldado. O jogo consiste num dia ou num fim de semana dedicado a práticas militares. Ensina-se a manejar todo tipo de armas, assiste-se a conferências de veteranos do Vietnã, participa-se de combates simulados, há inclusive organizações que põem à disposição dos seus sócios saltos de paraquedas. As simulações, em ambas as modalidades, dão mostra de um rigor histórico exemplar: os combates simulados não se dão no limbo, mas em lugares concretos, seja do passado ou de um futuro previsível ou desejável: Vietnã, Irã, Líbia, Cuba, Colômbia, El Salvador,

Nicarágua, inclusive o México, são alguns dos cenários dessas escaramuças. Dado significativo: vários combates transcorrem nos próprios Estados Unidos, onde o inimigo é encarnado por uma hipotética guerrilha negra ou chicana. As campanhas, nos jogos de mesa, são tomadas, na maior parte, da Segunda Guerra Mundial, embora também se possam encontrar guerras de um futuro não distante, desde a Sexta Frota disparando em todo bicho vivo no Mediterrâneo até a Terceira Guerra Mundial limitada ao cenário europeu, com bombas atômicas incluídas. Mas a maioria é da Segunda Guerra Mundial e com uma iconografia e mecanismos de identificação marcadamente nazistas. Em sua publicidade, por exemplo, prometem ao futuro jogador que, se jogar bem e tiver sorte, a Operação Barba-Ruiva pode ser um êxito, os tanques de Rommel podem chegar ao Cairo e a ofensiva das Ardenas pode provocar um armistício honroso. Ambos os hobbies, os de mesa e os de fim de semana, possuem mais de uma revista a seu serviço e uma infraestrutura só concebível nos Estados Unidos. Por certo, a casa que publica os jogos de mesa já está lançando programas de guerra para computadores. Creio que o negócio vai de vento em popa.

— Mas quem joga? — indagou o dr. Carvajal.

— Ah, isso é o mais curioso. Eu acreditava que para a guerra ao vivo só se apresentariam assassinos frustrados e membros da Ku Klux Klan, mas parece que agrada bastante aos operários especializados, às donas de casa, aos yuppies e à gente que está cansada de fazer jogging. As guerras de tabuleiro atraem mais os fascistas preguiçosos, aficionados da história militar, adolescentes tímidos e até ex-enxadristas: dizem que Bobby Fischer está jogando há mais de dois anos a batalha de Gettysburg. Sem adversário, ele sozinho.

O dr. Carvajal assentiu com um sorriso de anjo gelado.

— O mundo vai por caminhos estranhos — murmurou. —

Os miniaturistas sempre me pareceram vassalos do demônio. A vida toda acreditei que a Maldade, antes de estrear, ensaia suas piruetas em escala reduzida. Na verdade, comparadas com os fetiches dos gringos, nossas revistas parecem o que são: bichos feridos.

— Mas vivos — pontuou José Arco e depois me perguntou baixinho: — De onde você tirou tudo isso?

Disse a ele que dos papéis que Jan guardava.

— Segundo ele, a John Birch Society é um asilo de velhinhos bondosos ao lado de gente da revista *Soldier of Fortune*, que não só são soldados mercenários por vocação, mas autênticos criadores do que é hoje o happening ou a performance imperialista. O mesmo se pode dizer dos que sustentam os jogos de mesa. A Avalon Hill, por exemplo, publica uma revista que você deveria folhear um dia: *The General*, a bíblia dos Manstein, Guderian e Kleist de bolso.

— O Jan me falou uma vez de Guderian.

O dr. Carvajal olhava para nós como à pedra dos suicidas.

— O Jan é um amigo nosso — expliquei. — Ele diz que… é preciso frear muitas vezes os tanques de Guderian, suponho que ao longo de todo um século, mas não sei o que tem a ver com o que estamos falando.

— Lírica de açougue — resmungou o doutor e fez um gesto como dando a entender que não lhe interessava a mínima, mas que podíamos discutir o tempo todo que quiséssemos.

José Arco, que gostava de bancar o do contra, não tornou a abrir a boca. Eu disse umas poucas bobagens sobre a primeira coisa que me veio à cabeça e nosso anfitrião contou anedotas sobre poetas-médicos e poetas-funcionários públicos muito conhecidos de quem nós nunca tínhamos ouvido falar. Que triste, pensei num lampejo de lucidez ou de medo, um dia contarei histórias sobre poetas-lumpens, e meus interlocutores se perguntarão quem foram esses infelizes. Finalmente, quando o silêncio obstinado do meu amigo começou a me exasperar, solicitei o empréstimo de umas tantas revistas, não mais de dez, ao que o dr. Carvajal acedeu sem nenhum problema. "Pensam publicar algum artigo no jornal?" Não sei por que menti: sim. "Então procurem exagerar somente o indispensável." Nós dois sorrimos. José Arco começou a escolher os exemplares.

Já na rua, meu amigo disse:

— Pobre coitado, não percebe nada.

Fazia uma noite clara e a lua naquele bairro, mais que lua, parecia um lençol posto para secar à ventania do céu. A moto, como de costume, tinha enguiçado de novo e a arrastávamos revezando-nos a cada dois quarteirões.

— Explique-se, por favor, porque eu também não percebo muitas coisas.

— Tenho vontade de matar alguém.

Depois de bastante tempo, acrescentou:

— Tenho vontade de fazer uma tatuagem no braço.

Agora era eu que arrastava a moto.

— Que tipo de tatuagem?

— A foice e o martelo — sua voz soou despreocupada e sonhadora. Pensei que era o mais justo: a noite se prestava aos sonhos e tínhamos uma longa caminhada ainda. Achei graça.

— Não, cara, é melhor esta legenda: sempre lembrarão de mim. Não gosta?

— Pô, que esquisito, saí da casa desse imbecil superdeprimido mas também superfeliz.

Disse-lhe que o entendia e não falamos até que lhe coube a vez de levar a moto.

— Troco a tatuagem por uma bandeira mexicana com a foice e o martelo — falou.

Acendi um cigarro. Era agradável caminhar sem ter que

arrastar a moto. Tínhamos enveredado por um bairro de ruas pequenas, com árvores raquíticas e prédios com não mais de três andares.

— Gostaria de ir embora daqui de uma vez por todas — disse José Arco. — Com a moto e minha bandeira mexicana.

— Diga do que não gostou no dr. Carvajal.

— Da sua cara de caveira — pronunciou cada palavra com uma fé cega. — Parecia um esqueleto de Posada tirando o pulso dos pobres poetas jovens.

— É — falei —, agora que penso nisso...

— Era o esqueleto de Posada, merda, que enquanto dança tira o pulso do próprio país.

De repente senti que nas palavras de José Arco havia uma parte correta, verdadeira. Tentei recompor o rosto do dr. Carvajal, a sala da casa, os objetos corriqueiros, a maneira de nos cumprimentar e de se levantar para buscar as revistas, seus olhos talvez escrutassem outra coisa, fora dali, enquanto falávamos.

— Percebi quando você estava contando o caso dos jogos ianques. Ele não percebeu que eu percebi.

— Percebeu o quê?

— A maneira de olhar para a gente, de te olhar, como se tudo o que você dissesse fosse arquiconhecido por ele... Por um instante pensei que sim, que o sacana sabia tudo...

Sem nos darmos conta, tínhamos parado de andar. O céu havia experimentado uma mudança súbita: em alguma parte do DF chovia e, a julgar pelas trovoadas e relâmpagos, a água ia cair em cima de nós sem mais tardar. Meu amigo sorriu, tinha se sentado no selim da moto e parecia esperar a chuvarada.

— Só de pensar me dá medo — falei.

— Não é para tanto. Parece que vai chover.

— Tinha cara de esqueleto, é verdade — falei.

— Bom, depois pensei que não era que ele soubesse de tudo, mas que estava cagando para tudo aquilo.

— Pode ser que sim, pode ser que não.

— Está cheio de gente assim. Chamam-se a si mesmos de filhos da Revolução mexicana. São interessantes, mas na verdade são uns filhos da grande puta, não da Revolução.

— Pode ser que sim, pode ser que não — falei enquanto olhava para o céu escuro, escuro, negríssimo. — O temporal vai pegar a gente.

— Não tenho raiva deles, ao contrário, me assombra ver como aguentam a solidão — José Arco estendeu as mãos com as palmas para cima. — De uma forma muito, mas muito contorcida mesmo, se saíram com esta: são os pais anônimos da pátria. Já caiu uma gota em mim. — Ele levantou a palma da mão até o nariz e a farejou como se a chuva tivesse, e tem, um cheiro.

— O que você quer que eu diga... Maldita moto de merda, vamos ficar ensopados...

— Eu não poderia.

— Não poderia o quê? — As gotas de chuva começaram a quicar na carroceria escura de um Ford dos anos 50 parado em frente a nós e que até então não havíamos visto: era o único carro na rua vazia.

— Não poderia estar tão só, tão silencioso, tão acertado comigo mesmo e com meu destino, se me permite a licença.

— Pô...

No rosto de José Arco apareceu um sorriso largo e brilhante.

— Vamos embora, aqui perto tem a oficina de um amigo. Vamos ver se conserta a moto e nos convida para um café.

Caro James Tiptree Jr.,
A chuva nos ensina coisas. É noite e está chovendo: a cidade gira como um pião brilhante, mas algumas áreas parecem mais opacas, mais vazias; são como pintas intermitentes; a cidade gira feliz em meio ao dilúvio e as pintas pulsam, daqui parece que se alargam como uma têmpora doente ou como pulmões negros alheios ao brilho que a chuva tenta lhes dar. Às vezes tenho a impressão de que conseguem se tocar: chove, caem relâmpagos, e um círculo opaco num esforço supremo roça outro círculo opaco. Mas não passam daí. De imediato se contraem em suas áreas e continuam a pulsar. Talvez lhes baste se roçar, é possível que a mensagem, seja ela qual for, já tenha sido enviada. E assim, horas ou minutos, enquanto durar a chuva. Hoje, creio eu, é uma noite feliz. Li, escrevi, estudei, comi biscoitos e tomei chá. Depois saí para esticar as pernas pelos corredores da cobertura e quando anoiteceu e começou a chover subi à cobertura da cobertura, quer dizer ao teto do meu quarto, com um guarda-chuva e um binóculo, e fiquei ali quase três horas. Foi então que pensei

na senhora — agora não me lembro por quê — e na carta que lhe enviei há dias (não sei se a recebeu; esta, para me garantir, mando para a agência dos irmãos Spiderman). Sobre a primeira carta, bem, só queria lhe dizer que espero de todo o coração que não tenha levado a mal ou que não tenha se sentido ofendida por tê-la endereçado em nome de Alice Sheldon. Juro que não foi um abuso de confiança. Acontece simplesmente que eu, ao contrário de muitos dos seus leitores atuais, já conhecia seus textos de antes, quando todo mundo dizia que James Tiptree Jr. era um aposentado que havia começado a escrever tarde. E eu gostava dele. Depois, é claro, levei um susto quando soube que na verdade era o pseudônimo — e em alguns contos, mais que um pseudônimo, um heterônimo — da psicóloga Alice Sheldon. Como está vendo, simples superposição de imagens. Com a vantagem para Alice Sheldon de ter um nome muito mais bonito e quente. E isso é tudo. (Às vezes imagino o aposentado sr. Tiptree escrevendo numa casinha do Arizona. Por que Arizona? Não sei. Devo ter lido em algum lugar. Talvez por causa de Frederic Brown, que viveu no Arizona uns tantos anos mais ou menos como aposentado, com tudo o que essa palavra tem de desterro e de equilíbrio. Por exemplo: não seria melhor manter correspondência com aposentados americanos em vez de com escritores de ficção científica? Poderia convencê-los a enviar cartas à Casa Branca pedindo que cessasse a política de agressão à América Latina? É uma possibilidade, não há dúvida, mas mantenhamo-nos serenos.) A chuva não para. Quando estava encarapitado no teto olhando com meu binóculo as coberturas escuras dos outros edifícios, me veio à cabeça uma pergunta: quantos livros de ficção científica foram escritos no Paraguai? À primeira vista parece uma pergunta cretina, mas ela se acoplou de uma maneira tão perfeita ao instante em que foi formulada que, mesmo me parecendo cretina, voltou a insistir, como uma pegajosa canção na moda. Eram o Paraguai as janelas fechadas do DF? A literatura de ficção científica do Paraguai era o temporal e os terraços que eu procurava com o binóculo? (Numa área de um quilômetro ao redor em poucas janelas se viam luzes acesas, talvez entre dez e quinze, e quase todas numa faixa da Insurgentes Sul; mas não vi luz em nenhum terraço.) A pergunta então me pareceu aterrorizante. Agora nem tanto. Mas agora estou sentado no meu quarto e não lá fora debaixo da chuva. Não sei. Vou lhe mandar junto com esta carta um postal do DF. É uma foto tirada da Torre Latinoamericana. Vê-se toda a cidade. É de dia, por volta das duas da tarde, mas a foto ou a impressão do postal tem um pequeno defeito: a imagem está tremida. Essa sensação, só que às escuras, é a que senti esta noite. Manterei a senhora informada.

Seu,
Jan Schrella

A oficina de motos era um quarto de seis metros de comprimento por três de largura. No fundo havia uma porta meio fora dos gonzos que dava passagem para um pátio interno onde o lixo ia se acumulando. Margarito Pacheco, dito Mofles, vivia ali fazia dois anos, desde o dia em que fez dezessete anos e saiu da casa da mãe, que aliás não ficava muito longe, a uns três quarteirões dali, em Peralvillo mesmo. Trabalhava consertando motos e de vez em quando carros, mas como mecânico de carros era desastroso. Ele sabia disso e o confessava sem enrubescer: na noite em que José Arco e eu chegamos à sua oficina arrastando a Honda fazia mais de um ano que não punha as mãos num automóvel. Sua sorte eram as motos, embora o trabalho não abundasse. Por economia e talvez porque se sentisse à vontade havia instalado sua residência na oficina, mas esse detalhe podia passar despercebido para um visitante pouco observador: os únicos sinais visíveis eram uma cama de campanha instalada atrás de uma pilha de pneus e uma estante rodeada de velhos calendários de automóveis, óleo e mulheres peladas. O banheiro ficava no pátio. O banho, tomava na casa da mãe.

À primeira vista parecia um moço tímido, mas não era. Faltava-lhe toda a fileira dos dentes de cima. Talvez devesse a isso seu retraimento inicial, os monossílabos corteses com que respondia às perguntas, os sorrisos enigmáticos com que acompanhava nossas gargalhadas. E isso costumava durar até o desconhecido — nesse caso eu — dizer uma coisa que ele achasse interessante ou divertido. Então ria abertamente ou se punha a falar de uma maneira velocíssima e num espanhol carregado de gíria e de termos que ia inventando no caminho. Tinha olhos grandes, grandes demais, e à medida que você o ia conhecendo sua magreza doentia cedia passagem a uma formosura singular, ao mesmo tempo agradável e assimétrica. Os dentes, ele tinha perdido numa briga aos quinze anos. O ofício de mecânico, havia aprendido nessa mesma oficina, primeiro olhando e depois ajudando um mecânico de Tijuana que pelo que o Mofles contava podia ter sido o dom Juan, de Castañeda. Quando o mecânico morreu, dois anos atrás, a mulher dele se desinteressou de tudo e em menos de uma semana voltou para os montes. O Mofles tinha as chaves da oficina e ficou ali esperando que alguém viesse reclamá-la ou pelo menos cobrar o aluguel. No início dormiu no chão, depois trouxe a cama de campanha e a roupa. Ao fim de um mês, além de um par de clientes, só chegou um cara tentando passar adiante uma moto roubada. Foi assim que se iniciou no negócio.

Quando o conheci só havia duas motos na oficina, a dele e a Princesa Asteca. Esta última era a Benelli de que José Arco havia me falado. Disse a ele que a moto me agradava. O Mofles disse que era uma boa moto e que era esquisito que ainda estivesse ali, na oficina. Dias depois entendi o que ele havia querido dizer e me pareceu um sinal do destino a piscar meio escondido entre as manchas de óleo e as tábuas sujas da oficina só para que eu a pegasse ou a deixasse. O Mofles, no tocante às motos roubadas, trabalhava unicamente com duas pessoas, a que trazia a moto e a que a levava. Sempre as mesmas. E sempre com um tempo fixo. No começo do mês lhe traziam a moto e em meados do mês chegava o cara que pagava e a moto se ia da oficina. Com a Princesa Asteca, pela primeira vez em dois anos a rotina tinha sido interrompida. O comprador não apareceu quinze dias depois, nem mesmo depois de um mês, e a moto corria o risco de ficar órfã ou ser reduzida a peças avulsas e ferro-velho.

Comprei-a naquela mesma noite.

O negócio, alguém poderia dizer, se fez sozinho. Eu não tinha dinheiro, mas o Mofles também não tinha comprador. Prometi pagar uma parte quando eu recebesse meu dinheiro e o resto em duas prestações. Sua contraproposta foi melhor: que eu lhe pagasse o que e quando pudesse, e ele me vendia a moto pelo mesmo preço que tinham dado a ele, com a única condição de que a levasse naquela mesma noite. Ante o olhar sorridente de José Arco, aceitei. Não tinha carteira de habilitação, é verdade, e nem *sabia* dirigir, mas confiava cegamente em minha sorte e nos sinais que acreditava vislumbrar naquele caso. Se você tivesse telefone, tudo seria perfeito, disse a ele.

— Telefone? Não brinca, aqui luz elétrica já é um milagre.

Não perguntei se se referia ao bairro ou à sua casa. José Arco ferveu a água e preparou três nescafés. De uma sacola de plástico pendurada na parede o Mofles tirou umas *quesadillas* frias, que aqueceu em cima de uma prancha de metal. Apesar da aparente rigidez, elas tinham bom aspecto. Enquanto as esquentava me disse que viesse um dia desses para ele dar uma mão de tinta na moto.

— Gosto como está — falei.

— Sempre é conveniente com uma moto roubada. É o que se costuma fazer.

— Como estão boas estas *quesadillas* — disse José Arco. — Foi sua mãe que fez, mestre?

O Mofles assentiu. Depois meneou a cabeça e disse como se lhe parecesse a coisa mais surpreendente do mundo:

— Não sei por que caralho não me ocorreu antes tirar a inscrição. Só agora me dei conta.

— Que inscrição?

— A de Princesa Asteca. É como se estivesse se entregando o tempo todo.

— É uma inscrição bem-feita. As letras até são metálicas.

— Sabe-se lá por que não arranquei.

— Gosto assim — falei. — Não vou tirar.

A chuva, lá fora, não amainava. Às vezes, as rajadas de vento sacudiam toda a oficina, como se fossem arrancá-la pela raiz, e as portas gemiam com um som dilacerante que parecia uma risada e, ato contínuo, um grito rápido e profundo. Parece que estão matando alguém a pauladas, murmurou José Arco. Ficamos sérios de repente, atentos apenas ao temporal e a nossas próprias cabeças, como se não existisse o espaço intermediário que era a oficina e as palavras que teríamos podido trocar. No pátio, o vento arrastava latas vazias e papéis.

Depois de cada ruído o Mofles olhava para o teto. Às vezes optava por passear de uma ponta a outra, com a xícara de café na mão, tentando ler ou fingindo que lia os anúncios presos nas paredes e cobertos por mais de uma camada de sujeira. No entanto, não parecia nervoso. Muito pelo contrário. Embora se pudesse dizer que sua serenidade era enganosa, porque fixa em seu rosto: distante mas não do tipo que produz o gelo ou a ignorância, e sim uma distância de cristão recém-saído do tormento. Distância de corpo golpeadíssimo ou saciadíssimo.

— Que bonito o mundo, não? — disse o Mofles.

Eram cinco da manhã quando fomos embora. Por um bom momento meus dois amigos me explicaram os rudimentos teóricos do condutor de motos. Segundo eles, o xis do problema estava em não ter medo dos automóveis, saber acelerar, frear e debrear. E a mudança de velocidade? Isso também é importante. Procure manter o equilíbrio. Procure dar uma olhada de vez em quando nos semáforos. Não se preocupe com a chuva.

Saí ao pátio para verificar como estava o tempo. A chuva já não era tão intensa. Perguntei a José Arco o que aconteceria se quando estivéssemos na rua despencasse outra vez o temporal. Não me respondeu. O Mofles, depois de ter consertado a Honda, nos perguntou se queríamos ouvir alguns poemas dele. (Quando perguntava essas coisas o Mofles parecia um sacerdote de província em presença do papa: aceitava todas as críticas, nunca defendia um texto seu.) Entre os cinco ou seis que leu naquela noite houve um que me agradou muito: falava da sua namorada, Lupita, e da sua mãe vendo de longe a construção de um edifício. O resto eram versos estilo pop, letras de canções, baladas. Encantavam a José Arco, a mim não. Quando sairmos, meu amigo me disse, vou te contar a melhor história que o Mofles inventou.

— Qual?

— A história em que se explica como o menino George Perec evita o duelo mortal entre Isidore Isou e Altagör num bairro perdido de Paris.

— Prefiro lê-la.

— Não está escrita, é uma história oral.

O Mofles sorriu ruborizado, limpou as mãos com um pano e esquentou água para o último nescafé.

De repente me dei conta de que tinha medo, pânico; pela minha cabeça passaram mil formas distintas de afundar na desgraça e eu me via tanto numa delegacia como num hospital com todos os ossos quebrados. Tomamos o café. Em silêncio ouvi as últimas instruções. Quando saímos, a rua estava escura e deserta. Sem dizer palavra, José Arco montou em minha moto e a pôs em funcionamento. Depois subiu na dele e avançamos devagarinho até o fim do quarteirão experimentando os motores, demos a volta, eu sempre atrás dele, e voltamos aonde o Mofles nos esperava.

— Você a deixou novinha em folha — disse José Arco.

Fiquei em silêncio, todos os sentidos ocupados em evitar que o motor morresse. Tenham cuidado e voltem logo, disse o Mofles. Claro que sim, disse José Arco. Como se sente, Remo? Estou me cagando de medo, falei. Era estranho, eu ouvia nossas vozes em surdina, até o barulho das motos parecia chegar de longe; em compensação, os sons da rua adormecida se ampliavam em meus ouvidos: gatos, os primeiros passarinhos madrugadores, água que escorria por um cano, uma porta distante, os roncos de um homem na casa vizinha.

— Bom, logo passa; vamos devagar, com as motos juntas, um ao lado do outro.

— Está bem — falei.

— A gente se vê, Mofles.

— Tchau.

Começamos a sair do bairro como se fôssemos de bicicleta. De vez em quando José Arco me perguntava como eu me sentia. Logo deixamos as ruas vazias do bairro do Mofles e pegamos uma grande avenida.

— Não se separe de mim — disse José Arco.

As duas motos se enfiaram de um pulo na avenida. Senti que me davam um chute em alguma parte dentro do corpo. Minhas mãos suavam e eu tinha medo de soltar o guidom. Em várias ocasiões pensei em frear, mas a certeza de que ia deixar a Princesa Asteca estirada na rua enquanto eu voltava para casa de metrô me impediu. A princípio eu só conseguia ver a pista asfaltada, interminável e cheia de silêncios quebrados de imprevisto, e o perfil impreciso do meu amigo e da sua Honda, que às vezes ia à frente e às vezes me deixava ir. Depois, como se no meio do deserto abrissem uma tela, apareceu no horizonte uma massa gigantesca, embora distante, que parecia pestanejar ou ensaiar todas as tonalidades de cinza do mundo através da delgada cortina de chuva. Que diabo é isso?, pensei aos gritos, A Tartaruga da Morte? O Grande Escaravelho? A coisa, calculei, era tão grande quanto uma colina e se movia em linha reta em direção a nós. Impulsionava-se por meio de pseudópodos ou talvez mediante um colchão de vapor. Sua rota, vista da minha posição, era invariável e regular. Não precisei perguntar a José Arco para onde íamos.

— La Villa!* — apontou para o Godzilla com o indicador.

— La Villa, La Villa! — gritei, feliz.

Só então me dei conta de que ao nosso lado passavam carros, nas esquinas se acendiam e se apagavam semáforos semiocultos e corroídos pelo *smog*, nas calçadas transitavam algumas sombras que até fumavam, e os ônibus iluminados como barcos fluviais transportavam operários a seus locais de trabalho. No centro da calçada um adolescente bêbado ou drogado pôs-se a chamar a morte e depois caiu de joelhos, observando impassível o passar dos carros. De dentro de uma cafeteria recém-aberta saíam os acordes de uma *ranchera*.

Paramos perto da esplanada da Basílica para esticar as pernas e ver como eu tinha me saído em meus primeiros minutos de motociclista. Disse a José Arco que pouco antes havia confundido a Basílica com um monstro. Ou com uma explosão atômica petrificada vindo em nossa direção. Não seria, em vez disso, ao centro da cidade? É possível, falei, em todo caso nós

---

* Bairro da Cidade do México situado na localização histórica da Villa de Guadalupe. Godzilla é uma alusão ao romance *Mantra*, de Rodrigo Fresán (amigo de Bolaño), em que o monstro, dado na obra como de origem mexicana, chega à Cidade do México. (N. T.)

estávamos no caminho. Ainda bem que não aconteceu nada com você. Como se comporta a Princesa Asteca? É mesmo uma boa moto?

O ar, não sei por que razão, parecia vir de um buraco entre as nuvens. Acendi um cigarro e disse a ele que sim.

— Pois não era uma bomba atômica — murmurou José Arco enquanto dava uma olhada em minha moto —, mas o castelo da Virgem de Guadalupe, a mãe de todos, a mais bonita.

— Sim — disse eu contemplando o amanhecer que mal se insinuava. — Foi ela que evitou que eu tivesse um acidente.

— Não, mestrinho, fomos eu e o Mofles, que somos pedagogos do volante.

Revirei os bolsos em busca de moedas.

— Espere um pouco, vou dar um telefonema.

— Está bem.

Perto dali encontrei um telefone público e liguei para Laura. Depois de muito tempo sua mãe atendeu. Pedi desculpas pela hora e lhe perguntei se podia fazer o favor de chamar Laura. Acho que é urgente, não sei, eu disse me fazendo de bobo. Não estava com sono mas teria com muito gosto me jogado no meu colchão. As ruas estavam brilhantes e perto de mim um par de taxistas falava de futebol, um gostava do América, o outro preferia o Guadalajara. Quando Laura atendeu tornei a me desculpar, exatamente como se falasse de novo com sua mãe, e depois disse que a amava.

— Não sei como te explicar. Estou apaixonado por você.

Laura disse:

— Que bom que ligou.

— Só queria dizer isso, que te amo.

— Que bom — disse Laura —, que bom.

Desligamos e voltei para onde estavam as motos.

— E aí? Vamos embora?

— Sim — falei. — Vamos.

— Acha que está com ânimo para chegar à sua casa?

— Estou, estou.

— De qualquer modo, vou te acompanhar.

— Não precisa. Você deve estar cansado.

— Cansado, eu? Não, cara, além do mais ainda não te contei a história de Isidore Isou e Altagōr.

— Que merda de história é essa?

— A do Mofles, cara, não durma.

Rodamos sem pressa até o centro da cidade. O ar me despertou completamente. Era agradável dirigir a moto e observar as ruas e as janelas que começavam a acordar. Os noctâmbulos dirigiam seus carros de volta para casa ou para qualquer lugar e os que trabalhavam dirigiam seus carros rumo ao trabalho ou se amontoavam nas lotações ou esperavam a chegada do ônibus que os levaria ao trabalho. A paisagem geométrica dos bairros, inclusive as cores, tinha um aspecto provisório, cheio de filigranas e de energia, e também se podia sentir, aguçando a vista e certa loucura latente, a tristeza em forma de rápidas centelhas como se fosse o Ligeirinho deslizando sem nenhuma razão ou com alguma razão secreta pelas grandes vias do DF. Não uma tristeza melancólica mas uma tristeza demolidora, paradoxal, que chamava à vida, à vida radiante, estivesse ela onde estivesse.

— A história é muito curiosa — gritou José Arco. — Não vou te ofender te perguntando se sabe quem são Isou e Altagōr.

— Pode me ofender, não tenho a menor ideia.

— É mesmo? Pô, esses jovens intelectuais da América Latina! — riu José Arco.

— Bom, Isou é francês — gritei — e creio que faz poesia visual.

— Frio, frio.

Depois disse algo que não entendi — romeno — e cruzamos com um caminhão carregado de frangos e com outro caminhão carregado de frangos e mais outro e outro. Era um comboio. Os frangos assomavam à redinha das gaiolas e berravam como adolescentes a caminho do matadouro. Onde está mamãe galinha, pareciam dizer os frangos. Onde se perdeu meu ovo. Meu Deus, pensei, não quero bater. Granja Avícola La Salud. A Honda de José Arco se postou a poucos centímetros da minha.

— Isou é o pai do letrismo e Altagōr é o pai da metapoesia!

— Ah, que legal!

— E se odeiam mortalmente!

Paramos num sinal vermelho.

— Não sei onde demônios o Mofles leu todas essas coisas. Só chegou ao primeiro ano da preparatória.

Verde.

— E você, onde leu? — A Princesa Asteca demorou para arrancar. Avançava aos solavancos.

— Eu vou à Librería Francesa. Enquanto os babacas fazem fila nas conferências de Octavio Paz eu passo horas fuçando por lá. Sou, para todos os efeitos, um cavalheiro do século passado!

— E nunca topou com o Mofles!

— Jamais!

Um Mustang a mais de cem apagou as últimas palavras de José Arco. Com o tempo eu ia saber que o Mofles ia unicamente à Librería del Sótano e só de vez em quando. A história de Isou, Altagōr e Georges Perec é muito simples. Pouco depois do fim da Segunda Guerra Mundial, numa Paris onde ainda estava vigente a carteira de racionamento, Isou e Altagōr se encontraram num daqueles cafés legendários. Digamos que Isou tenha sentado na extremidade direita do terraço e Altagōr na parte esquerda. Mesmo assim, um pôde notar a presença do outro. As mesas do centro estavam ocupadas por turistas americanos, pintores famosos, Sartre, Camus, Simone de Beauvoir, atores de cinema e Johnny Halliday.

155

— Johnny Halliday também?

— Isso, o puto do Mofles é assim.

Toda essa gente deixava em perfeito anonimato nossos poetas fonéticos. Na verdade só eles se davam cabalmente conta de que estavam ali e de que um era o Pai da Metapoesia e o outro o Pai do Letrismo, casas mais inimigas que as de Verona.

— De acordo com o Mofles, os dois eram jovens e ambiciosos! *Vanitas vanitatum!*

— Esse Mofles!

Assim, depois de engolir pesadamente o *pastis* e de ruminar os sanduíches que em ambos os casos constituíam o único alimento daquela noite, pediram a conta, mas um o fez em metalíngua e o outro em calão letrista, conforme o caso, e ato contínuo se negaram a pagar. O que pretendiam, além de se fazerem notar pelos das mesas do centro, era que os garçons se dirigissem a eles na respectiva língua na qual haviam sido interpelados. Os insultos não demoraram a fazer sua aparição. Os garçons, num tom contido e procurando não chamar a atenção, os insultavam. Isou tratava os garçons de escravos ignorantes e debochava de Altagōr. Este, na outra ponta, lamentava aos gritos a estreiteza mental dos garçons e ameaçava Isou com o punho cerrado.

— Que filhos da puta!

— Quá, quá, quá.

— Hi, hi, hi.

— São os heróis do Mofles.

A aparição de Gaston, o maître, um dos mais ferozes guerrilheiros do maquis, pôs fim à disputa. A reputação de Gaston é terrível e ninguém ignora isso. Muito a contragosto, os dois poetas pagam e, como se fosse pouco, constatam que ficaram em evidência ante as seletas mesas do centro. Com a alma no chão, Isou e Altagōr saem do café; foi então que, já na rua, decidiram se bater em duelo e se matar. (Em sua desolação compartilhada pensaram que um dos dois sobrava em Paris.) O encontro foi para aquela mesma madrugada no Campo de Marte, perto da Torre Eiffel. É aí que entra em cena Georges Perec.

— Sabe quem é Georges Perec?

— Sei, mas não li nada dele.

— Era um dos melhores — disse José Arco muito sério; nossas motos se moviam a vinte quilômetros por hora grudadas no meio-fio.

— Parecemos dois operários do turno da noite voltando para casa — falei.

— Mais ou menos — disse José Arco.

De acordo com o Mofles, Perec era um menino que madrugava, como os galos. Nas primeiras horas da manhã ele escapulia na ponta dos pés da casa dos avós, pegava a bicicleta e se mandava pelas ruas da cidade sem se importar com o tempo que fazia. Na manhã em questão foi pedalar pelos arredores do Campo de Marte. E eis que a primeira pessoa que ele encontra é Altagōr, sentado num banco e recitando de cor um poema dele para se valorizar. O pequeno Perec para junto dele e escuta. Soa assim: *Sunx itogmire érsinorsinx ibagtour onéor galire a ékateralosné.* Que para o ouvido do menino soa igual ao que se você, eu e o Mofles tivéssemos nos encontrado dez anos atrás com Mary Poppins em pessoa cantando supercalifragilístico. De acordo com o Mofles, o pequeno Perec, que apesar da sua pouca idade é angustiosamente educado e pedante, põe-se a aplaudir com um entusiasmo pouco reprimido, o que naturalmente chama a atenção de Altagōr, que olha para ele e pergunta: *veriaka e tomé?*

— Ai, ai, ai, esse Mofles!

— *Tumissé Arimx*, responde o menino, e toda a resolução de Altagōr vem abaixo. Considera o menino como um signo, um sinal que lhe indica continuar trabalhando contra ventos e marés. Assim sendo, levanta-se, alisa as roupas, inclina-se diante do garoto como diante do destino e vai para seu quarto dormir. Pouco depois o menino encontra Isidore Isou, com quem ocorre algo similar. É possível que Isou não tenha interpelado o garoto. É possível que só o tenha entrevisto dando voltas em sua bicicleta pelo Campo de Marte e cantando *echoum mortine flas flas echoum mortine zam zam* e que isso lhe bastasse. Anos depois, quando Georges Perec escreveu seu conto "Je me souviens", por motivos que se desconhecem esqueceu de consignar essa história.

— Perec não foi traduzido para o espanhol e o Mofles não sabe francês. Te deixo com esse mistério para o café da manhã.

Uma luz amarelo-escura cobria todo o DF. Tínhamos chegado. Eu não estava com vontade de desjejuar mas sim de dormir, se possível com Laura. Indiquei a José Arco que coisas piores eu estava vendo nos últimos dias.

— O universo do Mofles está cheio de histórias como essa. Eu me pergunto se ele não será um dos diretores dessas revistas fotocopiadas.

— Logo lhe perguntaremos — eu disse a ele.

Depois deixei a moto no hall do térreo, talvez com a secreta esperança de que a roubassem, e subi a escada de dois em dois.

Quando acordei, a primeira coisa que vi foi a cara de Jan com as bochechas coloridas e o perfil grego de Angélica Torrente fumando um Delicado e depois o sorriso de Laura, serena e expectante, e uma espécie de arco de energia muito fino e muito preto que parecia uni-los e que atribuí às minhas remelas, e finalmente, enquanto me cobria com o lençol até o nariz, vi a porta aberta e as plantas do corredor que estremeciam e a filha de uma das inquilinas que se afastava com um rolo de papel higiênico numa mão e um rádio transistorizado a todo o volume na outra. Fazia uma hora que Angélica Torrente estava ali. Esse tempo todo estivera discutindo com Jan. Claro que aquela não era a intenção da visita, mas outra muito diferente: um negócio de amor e confissões. Não obstante, o assunto se desviou e ambos se encontraram, com pena e obstinação, discutindo, e embora o fizessem aos gritos não conseguiram me acordar. O motivo foi a mesa construída com livros de ficção científica. Jan a tinha mostrado com o saudável orgulho de um seguidor de Chippendale, e Angélica, depois de estudá-la entre assombrada e ofendida, havia opinado que aquilo só podia ser considerado como uma bofetada na literatura em geral e na ficção científica em particular. "Os livros devem estar nas estantes, arrumados com graça, prontos para ser lidos ou consultados. Você não pode tratá-los dessa maneira, como peças de lego ou como tijolos vulgares!" Jan argumentou que muitos cidadãos de cidades sitiadas haviam aliviado a fome mastigando folhas de livros: em Sebastopol, um jovem aprendiz de escritor comeu, em 1942, boa parte de *Em busca do tempo perdido*, de Proust, na edição original francesa. A literatura de ficção científica, acreditava Jan, se prestava como nenhuma a livreiros aleatórios, como a estante-mesa, por exemplo, sem que por isso se menosprezasse o conteúdo das páginas, a aventura. Segundo Angélica isso era uma estupidez e uma coisa pouco, muito pouco, prática. As mesas eram para comer nelas, manchá-las com molhos, cravar garfos na superfície em arroubos de raiva. Meu Deus!, tinha dito Jan com um gesto de desprezo. Isso não tem nada a ver! Você não está entendendo nada! Existem toalhas!

Depois disso houve um instante em que das palavras quiseram passar aos fatos. Durante uma fração de segundo se engalfinharam num princípio de luta livre, máscara contra cabeleira, que podia ter terminado ou alcançado seu clímax com os dois emaranhados no colchonete de Jan, pernas pressionando pernas, mãos enroscadas nas costas e nos ombros, e eventualmente os arranhando, e os jeans abaixados até os joelhos. Mas isso não aconteceu. Simplesmente fizeram algumas fintas e se bateram umas vezes nos antebraços e a respiração deles ficou mais agitada e o brilho dos olhos mais intenso. Depois chegou Laura e a discussão baixou de tom até se extinguir. De Laura, a mesa quase não chamou a atenção. "Vi uma moto no térreo", disse ela com voz de sibila, "com certeza é do Remo."

— Não, não, não — suspirou Jan —, de maneira nenhuma. Meu dileto companheiro só sabe guiar bicicleta.

— Quer apostar quanto? — Laura era assim, quando estava certa de uma coisa era capaz de se deixar matar antes de dar o braço a torcer. Para sorte dela, suas certezas eram poucas; afiadas como bico de falcão, isso sim.

— Mas, querida — disse Jan —, se até ontem ele não tinha moto, como quer que tenha uma agora?

— Tenho certeza de que é a moto dele.

— A não ser... — Jan pareceu dubitativo — que a tenha roubado, mas mesmo assim como é que alguém pode roubar uma moto sem saber dirigir?

Pela cabeça de Jan passou na velocidade de um grito a cena em que eu comprava a moto e assinava promissórias e contratos; essa possibilidade, como mais tarde me confessaria, o deixou gelado, pois de imediato aceitou uma coisa que nunca havia querido admitir: nossa situação econômica desastrosa. Se a moto fosse minha, coisa que lhe parecia cada vez mais factível, sem dúvida ficaríamos endividados até o pescoço por pelo menos cinco anos e, como consequência, eu ia necessitar de ajuda econômica, o que significava que ele teria de arranjar trabalho.

— Meu Deus, espero que você não esteja certa — falou.

— É uma moto muito bonita — disse Laura.

— É verdade, quando subi havia uma moto no térreo — lembrou-se Angélica —, mas não me pareceu bonita. Era uma moto velha e feia.

— Por que você diz que é feia? — disse Laura.

— Eu achei. Uma moto velha cheia de adesivos de todo tipo.

— Você não deve ter olhado direito. Tem caráter, essa moto. Além do mais, não tem *muitos* adesivos. Na verdade só tem uma inscrição, muito original e em letras metálicas: a Princesa Asteca... Deve ser o nome dela.

— O nome da moto?

— Que garotas mais observadoras — disse Jan.

— Olhe, acho cafona botar nome numa moto. Ainda por cima, de Princesa Asteca, argh! — disse Angélica.

— Não, não pode ser do Remo — disse Jan. — Mas você, Laura, passou horas estudando essa moto!

Laura achou graça e disse que sim, que o artefato tão monstruoso e tão enferrujado ali no térreo lhe chamou a atenção: havia algo na moto que lhe dava dó e vontade de chorar. Angélica disse "não fode". Então acordei.

Com cautela, comecei a executar a delicada operação de me vestir. As duas garotas tinham visto Jan pelado e suponho que tenham pensado que seria mal-educado fechar os olhos ou virar de cara para a parede enquanto eu me levantava. Não disse nada a eles. Enfiei a calça por baixo do lençol e a ajeitei como pude.

— A moto é minha.

— Viu? — disse Laura.

— Comprei de um poeta selvagem de Peralvillo. Vou pagá-la à medida que tiver dinheiro.

— Quer dizer, nunca — disse Jan.

— Vou trabalhar mais. Vou me apresentar a todos os concursos literários e prêmios florais. Eu me dou o prazo de um ano para ficar famoso e ter uma renda igual à de um funcionário público na pior posição da carreira. Tudo isso, claro, se não me prenderem por dirigir sem habilitação uma moto surgida do nada.

— Roubada — disse Jan.

— Exato. Como tem que ser. Mas não fui eu quem roubou! Chegou às minhas mãos por obra do destino. Diga-me uma coisa: você imagina o Roy Rogers comprando o Silver num leilão de cavalos? Não, o Roy Rogers encontrou o Silver na pradaria. Ambos se encontraram e se gostaram. A mesma coisa se pode dizer do Red Ryder. Só o superchato Hopalong Cassidy é capaz de comprar um cavalo novo a cada ano.

— Mas você nem sabe dirigir uma moto.

— Aprendi ontem à noite, não é tão difícil. Na verdade é um problema psicológico. A dificuldade está na carteira de habilitação, nos policiais, nos semáforos e no medo aos automobilistas. Se você se esquecer disso tudo, pode aprender a dirigir uma moto em menos de meia hora.

— É verdade — disse Angélica —, é como a sorte dos bêbados. Se você não tem medo de que te aconteça uma coisa, não acontecerá.

— A maioria dos acidentes ocorre por culpa de motoristas alcoolizados — sussurrou Jan.

— Não, semialcoolizados, o que é bem diferente. Os semibêbados morrem de medo de fazer besteira, por isso acabam fazendo. Os totalmente bêbados pensam em outras coisas. Bom, a verdade é que os totalmente bêbados raramente pegam um carro. Eles voltam para a cama se arrastando.

Por um momento continuamos falando da minha moto e dos perigos que podia me acarretar dirigi-la numa cidade como o DF. Entre as vantagens que todos viram (menos eu) estava a de evitar as filas e engarrafamentos do trânsito e assim chegar a tempo a todos os meus encontros e futuros trabalhos. Mas ele não vai trabalhar, disse Laura com um sorriso enigmático, vai escrever poemas e ganhar todos os concursos. Evidentemente, disse eu, para isso não precisarei da moto. Talvez, quando estiver sem inspiração, saia para dar uma volta. Concursos? Que concursos?, perguntou Jan, esperançoso. Todos, disse Angélica. Você poderá ir ao Correio de moto e, para que os manuscritos não voem, vai dirigir sentado em cima deles. É verdade, além do mais é apropriado, disse eu. Entre as desvantagens estava o preço da gasolina, que ninguém sabia, nem mesmo aproximadamente.

E assim por diante, até que Jan e Angélica se foram e eu compreendi que alguma coisa teria que acontecer entre Laura e mim. Aonde vão?, perguntei. Eu sempre tinha sido partidário de que Jan saísse do quarto ainda que só uma vez por dia, mas nessa ocasião teria preferido que ficasse. Os dois iam abraçados e pareciam felizes. Jan segurava Angélica pela cintura e a mão dela acariciava os cabelos do meu amigo. A cena me aterrorizou.

— Ao térreo — disse Jan. — Vamos ver sua moto e se nos sobrar ânimo daremos um pulo na Flor de Irapuato.

— Não demorem — falei.

Quando ficamos a sós, fez-se um silêncio repentino e pesado como uma bola de cimento. Laura sentou no colchonete de Jan e eu fiquei olhando pela janela. Laura se levantou e se aproximou da janela. Eu me sentei no meu colchonete. Balbuciei algo sobre a moto e sobre irmos tomar um café na Flor de Irapuato. Laura sorriu sem dizer nada. Eu não tinha a menor dúvida, ela era a garota mais bonita que eu já tinha visto na vida. E a mais direta.

— Ontem à noite você disse que queria fazer amor comigo. Que morria de vontade. O que foi que houve?

— Estou destreinado — gaguejei. — Quero fazer, é o que mais desejo, mas estou destreinado. E depois, como explicar, sou uma espécie de mutilado de guerra.

Laura riu e me pediu que contasse. Pouco a pouco comecei a me sentir melhor. Preparei um chá para nós dois, fiz umas tantas observações banais sobre o tempo e depois confessei que não fazia muito tinham me chutado várias vezes e com contumácia ambos os testículos, uma espécie de lembrete chileno, e que desde então eu tinha metido na cabeça a ideia de que nunca mais ia ficar de pau duro, reação previsível num jovem que adorava os irmãos Goncourt. A verdade é que fico, reconheci, mas só quando estou sozinho.

— Por que te bateram precisamente ali?

— Ah, mistério. O Jan e eu andávamos como loucos procurando o Boris, um amigo, e não só não o encontramos como fomos pegos.

— O Jan também levou...?

— Sim, sim, levamos a surra juntos, para cada grito que o Jan dava eu dava outro.

— Mas o Jan tem ereções normais — disse Laura. — Pelo que me consta.

Ai, nunca Laura me pareceu mais bonita e mais terrível. Por um segundo senti uma onda de ciúmes e de raiva: em que momento o pequeno sátiro hipócrita teria roubado minha namorada? Compus um sorriso gélido e disse:

— É mesmo?

Laura me contou então que na noite da reunião em nosso quarto Jan e Angélica tinham feito amor. Eu devia estar muito bêbado ou drogado ou deprimido ou imerso na leitura de López Velarde, o caso é que não me dei conta. Angélica tinha se sentido mal e sua irmã e Jan a acompanharam ao banheiro. A verdade é que o ar dentro do quarto não podia ser pior. Num dos varais de estender roupa Laura encontrou Lola Torrente, José Arco e Pepe Colina. Angélica e Jan tinham sumido. César estava bastante bêbado e queria ir embora. Rogou, suplicou, ameaçou vomitar, pobre César, mas não teve jeito. Laura o proibiu de maneira terminante. Num canto cheio de baldes e caixas vazias de sabão em pó César tentou fazer amor com Laura enquanto ela contemplava a rua apoiada no parapeito. Ficou só na vontade. Laura continuou vagando sonolenta pela cobertura (como a princesa que percorre com uma vela o castelo do príncipe com quem vai se casar!) até que numa das voltas chegou ao que Jan chamava alegremente de latrinas. Parou ali indecisa e pouco depois percebeu um ruído abafado proveniente de uma delas. Pensou que Angélica estava pior do que parecia e se aproximou para investigar. Nada mais falso. Jan estava sentado no vaso, a calça

165

abaixada até o tornozelo e com os dedos da mão esquerda segurava um palito de fósforo. Montada nele, Angélica cavalgava em cima do seu pau ereto. De vez em quando, o fósforo queimava a ponta dos seus dedos, Jan o soltava e acendia outro. Discreta, Laura voltou para junto dos outros. No dia seguinte, Angélica lhe contou o que ela já sabia e alguns pormenores.

— Ufa! Ainda bem!

— Ainda bem o quê? Que sua alma gêmea apesar dos chutes funciona?

— Não seja vulgar. Achei que *você* tinha ido para a cama com o Jan.

— Não, eu voltei com o César ao lugar dos sabões. Um lugar acolhedor, você teria que mostrá-lo a mim à luz do dia. Ali eu o obriguei a me *penetrar*. Por pouco não caímos do parapeito. Foi rápido, rapidíssimo, o César estava muito bêbado e deprimido. Eu estava pensando em você, me sentia muito bem, acho que dentro de mim ria sem parar.

— Por que não me contou isso? De manhã ficamos horas conversando...

— Não te dizia respeito. Além do mais eu estava com sono e me sentia bem com você, para que íamos começar a discutir?

— Eu não teria discutido. Teria desatado a chorar. Merda.

— Bobinho, foi como uma despedida. Acho que eu já havia decidido que não sairíamos mais. Pobre César — suspirou maligna —, nem sequer me despedia dele mas do seu pênis, vinte e cinco centímetros, eu mesma medi com a fita métrica da minha mãe.

— Merdamerda. Nunca vou permitir que você se aproxime com uma fita.

— Não farei isso, juro.

Caro Philip José Farmer,

A guerra pode ser detida com sexo ou com religião. Tudo parece indicar — que tempos mais inclementes, santo céu — que essas são as duas únicas alternativas cidadãs. Por ora, descartemos a religião. Sobra o sexo. Tentemos dar a ele um uso útil. Primeira pergunta: o que podem fazer o senhor em particular e os escritores de ficção científica dos Estados Unidos em geral a esse respeito? Proponho a criação imediata de um comitê que centralize e coordene todos os esforços. Como primeira medida para, digamos, preparar o terreno é necessário reunir numa antologia os dez ou vinte autores que de maneira mais radical e com evidente gozo para si mesmos trataram do tema das relações carnais e do futuro. (Que o Comitê selecione livremente, eu só queria sugerir a imprescindível inclusão de algum texto de Joanna Russ e de Anne McCaffrey, talvez mais adiante, em outra carta, eu lhe explique por quê.) Dita antologia, que poderia se intitular *Orgasmos americanos no espaço* ou *Um futuro radiante*, deve fixar a atenção do leitor no prazer e recordar com constantes retrospectivas voltadas para o passado, isto é, para nossos dias, o caminho de esforços e de paz que foi necessário percorrer para chegar a essa terra de ninguém do amor. Em cada relato deve haver pelo menos um ato sexual (ou, em sua falta, de ardente e devota camaradagem) entre latino-americanos e norte-americanos. Exemplos: o lendário piloto espacial Jack Higgins, comandante da aeronave de Fidel Castro, tem interessantes encontros físicos e espirituais com a engenheira de navegação Gloria Díaz, de nacionalidade colombiana. Ou: náufragos no asteroide BM101, Demetrio Aguilar e Jennifer Brown praticam o Kama Sutra durante dez anos. Histórias com um final feliz. Realismo socialista desesperado a serviço de uma felicidade desenfreada e desejável. Nenhuma nave sem tripulação misturada e nenhuma nave sem sua overdose de exercícios amorosos! Ao mesmo tempo, o Comitê deve entrar em contato com os demais escritores de ficção científica dos Estados Unidos, aqueles que o sexo deixa frios ou que não falam nele por razões de estilo, de ética, comerciais, anímicas, argumentais, estéticas, filosóficas etc. É necessário fazer-lhes ver a importância de escrever sobre as orgias que podem praticar, se nos empenharmos *agora*, futuros cidadãos da América Latina e dos Estados Unidos. Se se negarem rotundamente haveria que tentar convencê-los, pelo menos, a escrever para a Casa Branca pedindo a cessação das agressões. Ou que rezem junto com os bispos de Washington. Que rezem pedindo a paz. Mas essa é a outra alternativa e por enquanto vamos guardá-la na manga. Aproveito estas linhas para lhe manifestar minha admiração. Não o leio, devoro suas páginas. Tenho dezessete anos e talvez um dia venha a escrever bons relatos de ficção científica. Faz uma semana que deixei de ser virgem.

Um abraço,
Jan Schrella, dito Roberto Bolaño

Manifesto mexicano*

Laura e eu não fizemos amor naquela tarde. Tentamos, é verdade, mas sem resultado. Ou pelo menos foi o que acreditei então. Agora não tenho tanta certeza. Provavelmente fizemos amor. Foi o que disse Laura e de passagem me introduziu no mundo dos banhos públicos, aos quais desde então e por muito tempo eu associaria o prazer e o jogo. O primeiro foi sem dúvida o melhor. Tinha o nome de Gimnasio Moctezuma e na recepção algum artista desconhecido havia feito um mural em que se via o imperador asteca submerso até o pescoço numa piscina. Nas beiradas, perto do monarca mas muito menores, se lavavam homens e mulheres sorridentes. Todo mundo parecia despreocupado, salvo o rei que olhava fixamente para fora do mural como se perseguisse o improvável espectador com uns olhos escuros e bem abertos em que muitas vezes acre-

---

* Este capítulo, revisado pelo autor, foi incluído no manuscrito de *La Universidad Desconocida*. Reproduzimos aqui a versão original de 1984, parte deste livro. (N. E.)

ditei ver o terror. A água da piscina era verde. As pedras eram cinzentas. No fundo se apreciavam montanhas e umas nuvens de tormenta.

O rapaz que atendia no Gimnasio Moctezuma era órfão, e esse era seu principal tema de conversa. Na terceira ou quarta visita ficamos amigos. Ele não tinha mais de dezoito anos, desejava comprar um automóvel e para isso poupava tudo o que podia, as gorjetas, que não eram muitas; segundo Laura, era meio retardado. Eu o achava simpático. Em todos os banhos públicos costuma haver uma briga de vez em quando. Ali nunca vimos ou ouvimos uma. Os clientes, condicionados por algum mecanismo desconhecido, respeitavam e obedeciam ao pé da letra as instruções do rapaz. Também, é verdade, não ia muita gente lá, e isso é algo que eu jamais saberei explicar, pois era um lugar limpo, relativamente moderno, com cabines individuais para tomar banho de vapor, com serviço de bar nas cabines e, principalmente, barato.

Ali, na cabine 10, vi Laura nua pela primeira vez e só fui capaz de sorrir e tocar seu ombro e lhe dizer que não sabia em que sentido devia girar o registro para sair vapor. As cabines, embora o mais correto fosse dizer os reservados, eram um conjunto de quartinhos diminutos unidos por uma porta de vidro; no primeiro costumava haver um divã, um divã velho com reminiscências de psicanálise e de bordel, uma mesa dobrável e um cabide; o segundo quarto era o banho de vapor propriamente dito, com uma ducha de água quente e fria e um banco de azulejos encostado à parede debaixo do qual se dissimulavam os tubos por onde saía o vapor.

Passar de um ambiente ao outro era extraordinário, sobretudo se num deles o vapor já era tal que nos impedia de nos ver. Então abríamos a porta e entrávamos no quarto do divã, onde tudo era nítido e, atrás de nós, como os filamentos de um sonho, se colavam nuvens de vapor que não demoravam a desaparecer. Deitados ali, de mãos dadas, escutávamos ou tentávamos escutar os ruídos quase imperceptíveis do ginásio enquanto nossos corpos iam esfriando. Quase gelados, imersos no silêncio, podíamos por fim ouvir o rom-rom que brotava do piso e das paredes, o murmúrio gatesco dos encanamentos quentes e das caldeiras que em algum lugar secreto do edifício alimentavam o negócio.

— Um dia destes eu me perco por aqui — disse Laura. Sua experiência em incursões aos banhos públicos era maior que a minha, coisa bastante fácil, pois até então eu nunca havia atravessado o umbral de um estabelecimento semelhante. Não obstante, ela afirmava que de banhos não entendia nada. Não o suficiente. Com César tinha estado um par de vezes e antes de César com um cara que tinha o dobro da sua idade e a quem sempre se referia com frases misteriosas. Ao todo, não fora mais de dez vezes, todas no mesmo lugar, o Gimnasio Moctezuma.

Juntos, montados na Benelli que naquela altura eu já dominava, tentamos percorrer todos os banhos da Cidade do México, guiados por um afã absoluto que era uma mescla de amor e brincadeira. Nunca conseguimos. Pelo contrário, à medida que avançávamos foi se abrindo ao nosso redor o abismo, a grande cenografia negra dos banhos públicos. Assim como o rosto oculto de outras cidades são os teatros, os parques, os cais, as praias, os labirintos, as igrejas, os bordéis, os bares, os cinemas baratos, os velhos edifícios e até os supermercados, o rosto oculto do DF se achava na enorme rede de banhos públicos, legais, semilegais e clandestinos.

O método empregado no início da travessia foi simples: pedi ao rapaz do Gimnasio Moctezuma que me desse uns endereços de banhos *baratos*. Ele me deu cinco cartões e anotou num papel os dados de uma dezena de estabelecimentos. Esses foram os primeiros. A partir de cada um deles a busca se bifurcou inúmeras vezes. Os horários variavam tanto quanto os edifícios. A alguns chegávamos às dez da manhã e saíamos na hora do almoço. Estes, via de regra, eram locais claros, com as paredes descascando, onde às vezes podíamos ouvir risos de adolescentes e tosses de caras solitários e perdidos que em pouco tempo, recobrados, punham-se a cantar boleros. Ali a divisa parecia ser o limbo, os olhos fechados do menino morto. Não eram lugares muito limpos ou pode ser que a limpeza fosse feita depois do meio-dia. Em outros fazíamos nossa aparição às quatro ou cinco da tarde e não saíamos antes do anoitecer. (Esse era nosso horário mais usual.) Os banhos a essa hora pareciam desfrutar — ou padecer — de uma sombra permanente. Quero dizer, uma sombra artificial, uma cúpula ou uma palmeira, o mais parecido com uma bolsa marsupial, que no início você agradecia mas que com o passar do tempo terminava pesando mais que uma laje fúnebre. Os banhos das sete da noite, sete e meia, oito eram os mais concorridos. Na calçada, junto da porta, montavam guarda os jovens falando de beisebol e de canções na moda. Os corredores ecoavam com as brincadeiras sinistras dos operários recém-saídos das fábricas e oficinas. Na recepção, aves de passagem, as bichas velhas cumprimentavam pelo nome de batismo ou de guerra os recepcionistas e os que deixavam o tempo passar sentados nas poltronas. Perder-se pelos corredores, alimentar uma certa indiscrição em doses pequenas — como beliscões — não deixava de ser altamente instrutivo. As portas abertas ou semiabertas, semelhantes a deslizamentos de terra, gretas de terremoto, costumavam oferecer quadros vivos ao feliz observador: grupos de homens nus em que o movimento, a ação corria a cargo do vapor; adolescentes perdidos como jaguares num labirinto de duchas; gestos, mínimos mas aterrorizantes, de atletas, fisiculturistas e solitários; as roupas penduradas de um leproso; velhotes bebendo Lulú e sorrindo encostados na porta de madeira do banho turco...

Era fácil fazer amizades, e fizemos. Os casais, se se cruzavam um par de vezes pelos corredores, já se acreditavam na obrigação de se cumprimentar. Isso acontecia por uma espécie de solidariedade heterossexual; as mulheres, em muitos banhos públicos, estavam em completa minoria e não era raro ouvir histórias extravagantes de ataques e assédios, mas, na verdade, essas histórias não eram nada confiáveis. As amizades desse tipo não passavam de uma cerveja no bar ou um drinque. Nos banhos, nós nos cumprimentávamos e no máximo pegávamos cabines vizinhas. Passado um tempo, os primeiros a terminar batiam na porta do casal amigo e sem esperar que abrissem avisavam que estariam no restaurante X, esperando. Depois os outros saíam, iam ao restaurante, tomavam um par de drinques e se despediam até a próxima. Às vezes o casal fazia confidências, a mulher ou o homem, principalmente se fossem casados, mas não entre si, contavam sua vida e você tinha que assentir, dizer que o amor, que pena, que o destino, que os filhos... Meigo mas chato.

As outras amizades, mais turbulentas, eram das que visitavam seu reservado. Podiam ser tão chatas quanto as primeiras, porém muitíssimo mais perigosas. Apresentavam-se sem preâmbulos, simplesmente batiam na porta, um toque estranho e rápido, e diziam abra para mim. Poucas vezes iam sozinhos, quase sempre eram três, dois homens e uma mulher, ou três homens; os motivos esgrimidos para semelhante visita costumavam ser pouco críveis ou idiotas: fumar um pouco de erva, coisa que podiam fazer nos chuveiros coletivos, ou vender o que fosse. Laura sempre os deixava entrar. As primeiras vezes fiquei tenso, disposto a brigar e a cair manchado de sangue nos ladrilhos do reservado. Pensava que o mais lógico era que entrassem para nos roubar ou violentar Laura e até me violentar, e ficava com os nervos à flor da pele. Os visitantes de alguma maneira sabiam disso e só se dirigiam a mim quando a necessidade ou os bons modos tornavam isso indispensável. Todas as propostas, tratativas e cochichos eram dirigidos a Laura. Era ela que lhes abria a porta, era ela que lhes perguntava o que ofereciam, era ela que os fazia entrar no quartinho do divã (eu ouvia, do vapor, como se sentavam, primeiro um, depois outro, depois outro, e as costas de Laura, quietíssima, transluziam através da porta de vidro que separava o vapor daquela antessala convertida de repente num mistério). Finalmente eu me levantava, punha uma toalha na cintura e entrava. Os visitantes costumavam ser dois homens e uma mulher. Ou um homem, um rapaz e uma moça, que ao me ver cumprimentavam indecisos, como se, contra toda razão, desde o início tivessem ido ali por causa de Laura e não de nós dois; como se só houvessem esperado encontrá-la. Sentados no divã, os olhos escuros deles não perdiam um só dos gestos dela enquanto com as mãos, autônomas, preparavam o baseado. As conversas pareciam cifradas numa linguagem que eu não conhecia, certamente não na gíria dos jovens, que na época eu dominava, mas agora mal me lembro, e sim numa gíria muito mais melindrosa em que cada verbo e cada frase tinham um quê de funeral e de buraco, cova. (Jan disse, na frente de Laura, que podia ser o Buraco Aéreo, uma das caras loucas do Buraco Imaculado. Pode ser que sim. Pode ser que não.) Em todo caso eu também conversava ou tentava conversar. Não era fácil, mas tentava. Às vezes, junto com o fumo, traziam garrafas de bebida. As garrafas não eram grátis, mas nós não pagávamos. O negócio dos visitantes consistia em vender maconha, uísque, ovos de tartaruga nas cabines, poucas vezes com o beneplácito do recepcionista ou dos encarregados da limpeza, que os perseguiam implacavelmente; por tal motivo era de suma importância para eles que alguém os acobertasse; também vendiam teatro, a grana na verdade saía dali, ou ofereciam representações privadas no apartamento de solteiro dos contratantes. O repertório dessas companhias ambulantes podia ser raquítico ou variadíssimo, mas o eixo dramático da encenação era sempre o mesmo: o homem mais velho ficava no divã (pensando, suponho) enquanto o rapaz e a moça, ou os dois rapazes, seguiam os espectadores até a câmara de vapor. A representação, via de regra, não durava mais de meia hora ou quarenta e cinco minutos, com ou sem participação dos espectadores. Terminado o prazo, o homem do divã abria a porta e anunciava ao respeitável público, entre tosses produzidas pelo vapor que de imediato tentava se infiltrar no outro quarto, o fim do espetáculo. Os bis bis saíam caros, embora só durassem dez minutos. Os rapazes tomavam uma chuveirada rápida, depois recebiam suas roupas das mãos do homem e as vestiam com a pele ainda por secar. O cabisbaixo mas empreendedor diretor artístico aproveitava os últimos minutos para oferecer aos satisfeitos espectadores os manjares da sua cesta ou maleta: uísque servido em copos de papel, bagulhos de jererê feitos com mão perita e ovos de tartaruga que ele abria valendo-se da enorme unha que adornava seu polegar e que, já no copo, regava com suco de limão e chile.

Em nosso reservado as coisas eram diferentes. Falavam a meia voz. Fumavam maconha. Deixavam que o tempo passasse consultando de vez em quando seus relógios enquanto os rostos iam se cobrindo de gotículas de suor. Às vezes se tocavam, nos tocávamos, coisa, aliás, inevitável se todos estivéssemos sentados no divã, e o roçar das pernas, dos braços, podia chegar a ser doloroso. Não a dor do sexo mas a do irreversivelmente perdido ou o da única pequena esperança vagando — caminhando — pelo país Impossível. Os conhecidos, Laura convidava a se despir e entrar conosco no vapor. Raras vezes aceitaram. Preferiam fumar e beber e ouvir histórias. Descansar. Ao fim de um tempo fechavam a maleta e iam embora. Depois, duas ou três vezes na mesma tarde, voltavam e a rotina era a mesma. Laura, se estava bem-humorada, abria para eles, se não nem se incomodava em dizer através da porta que não enchessem o saco. As relações, salvo uma ou duas altercações isoladas, foram em todo momento harmoniosas. Às vezes creio que eles apreciavam Laura muito antes de conhecê-la.

Uma noite, o velho que os levava (daquela vez eram três, um velho e dois rapazes) nos ofereceu uma apresentação. Nunca tínhamos visto uma. Quanto custa?, perguntei. Nada. Laura mandou-os entrar. O quarto do vapor estava frio. Laura tirou a toalha e girou o registro de entrada: o vapor começou a sair no nível do chão. Tive a sensação de que estávamos num banho nazista e que iam nos gasear; ela se acentuou ao ver entrar os dois rapazes, magérrimos e morenos, e fechando a marcha o velho intermediário vestindo apenas cuecas indescritivelmente sujas. Laura achou graça. Os rapazes olharam para ela, um pouco coibidos, de pé no meio do quarto. Depois também acharam graça. Entre Laura e mim, e sem tirar sua horrorosa peça íntima, sentou-se o velho. Querem só ver ou ver e participar? Ver, disse eu.

— Depois vemos — disse Laura, muito dada a esses jogos de palavra.

Os rapazes, então, como se tivessem ouvido uma voz de comando, se ajoelharam e começaram a se ensaboar mutuamente o sexo. Em seus gestos, aprendidos e mecânicos, transpareciam o cansaço e uma série de tremores íntimos que era fácil relacionar com a presença de Laura. Passou um minuto. O quarto voltou a ter sua espessura de vapor. Os atores, imóveis na postura inicial, pareciam, não obstante, gelados: ajoelhados frente a frente, mas ajoelhados de uma maneira grotescamente artística, com a mão esquerda se masturbavam enquanto com a direita mantinham o equilíbrio. Pareciam pássaros. Pássaros de lâminas de metal. Devem estar cansados, não têm ereção, disse o velho. De fato, os paus ensaboados só apontavam timidamente para cima. Caras, não o amolem — insistiu o velho. Laura tornou a rir. Como quer que nos concentremos se você está rindo a cada instante?, disse um dos rapazes. Laura se levantou, passou junto deles e se encostou na parede. Agora, entre ela e mim estavam os cansados executantes. Senti que o tempo, dentro de mim, corria. O velho murmurou algo. Olhei para ele. Tinha os olhos fechados e parecia dormir. Faz um tempão que não dormimos, disse um dos rapazes soltando o pênis do companheiro. Laura sorriu para ele. Ao meu lado o velho começou a roncar. Os rapazes sorriram aliviados e adotaram uma pose mais cômoda. Ouvi como os ossos deles estalavam. Laura deixou-se escorregar pela parede até dar com as nádegas no ladrilho do chão. Você está magro demais, disse a um deles. Eu? Ele também, e você, respondeu o rapaz. O assobio do vapor às vezes tornava difícil distinguir as vozes, baixas demais. O corpo de Laura, costas apoiadas na parede, os joelhos erguidos, estava coberto de transpiração: as gotas escorriam pelo seu nariz, pelo pescoço, canalizavam-se entre seus seios e ficavam inclusive penduradas nos pelos do púbis, de onde caíam nos ladrilhos quentes. Estamos nos derretendo, murmurei, e de imediato me senti triste. Laura concordou com a cabeça. Que doce parecia. Onde estamos?, pensei. Com o dorso da mão limpei as gotinhas que caíam das minhas sobrancelhas nos olhos e não me deixavam enxergar. Um dos rapazes suspirou. Que sono, falou. Durma, disse Laura. Era estranho: achei que a luz diminuía, perdia intensidade; fiquei com medo de desmaiar; depois supus que devia ser o vapor excessivo o causador da mudança de cores e tons, agora muito mais escuros. (Como se estivéssemos vendo o entardecer, aqui, trancados, sem janelas, pensei.) O uísque e a maconha não são boa companhia. Laura, como se lesse meu pensamento, disse:

— Não se preocupe, Remo querido, está tudo bem.

Depois tornou a sorrir, não um sorriso zombeteiro, não como se ela se divertisse, mas um sorriso terminal, um sorriso amarrado entre uma sensação de beleza e de miséria, mas nem sequer beleza e miséria tal qual, mas sim belezinha e miseriazinha, anãs paradoxais, anãs caminhantes e inapreensíveis.

— Fique tranquilo, meu amado, é só o vapor.

Os rapazes, dispostos a considerar irrebatível tudo o que Laura dissesse, assentiram repetidas vezes. Depois, um deles se deixou cair nos ladrilhos, a cabeça apoiada num braço, e adormeceu. Eu me levantei, tomando cuidado para não acordar o velho, e me aproximei de Laura; de cócoras junto dela, enfiei a cara em sua cabeleira úmida e cheirosa. Senti os dedos de Laura me acariciarem o ombro. Logo me dei conta de que Laura estava brincando, muito suavemente, mas era uma brincadeira: o mindinho passeava pelo meu ombro, depois passeava o anular e se cumprimentavam com um beijo, depois aparecia o polegar e ambos, mindinho e anular, fugiam braço abaixo, o polegar ficava dono do ombro e se punha a dormir, inclusive, creio eu, comia uma verdura que crescia por ali, pois a unha se cravava em minha carne até o mindinho e o anular voltarem, acompanhados pelo dedo médio e pelo indicador, e todos juntos expulsavam o polegar que se escondia atrás de uma orelha e dali espiava os dedos abusados, sem *compreender* por que o haviam expulsado, enquanto os outros dançavam no ombro, e bebiam, e faziam amor, e perdiam, de tão bêbados, o equilíbrio, despencando costas abaixo, acidente pelo qual Laura aproveitou para me abraçar e tocar muito de leve meus lábios com os seus, enquanto os quatro dedos, magoadíssimos, tornavam a subir, agarrados em minhas vértebras, e o polegar os observava sem lhe ocorrer em nenhum momento deixar a orelha com que já tinha se apegado. Cabeça com cabeça, rimos sem fazer barulho. Você está brilhante, sussurrei. Seu rosto brilha. Os olhos. A pontinha dos seios. Você também, disse Laura, um pouco pálido talvez, mas brilha. É o vapor misturado com o suor. O rapaz nos observava em silêncio. Gosta mesmo dele?, perguntou. Seus olhos eram enormes e negros. Sentei no chão, colado a Laura. Gosto, disse ela. Ele deve te querer com frenesi, disse o rapaz. Laura achou graça. Sim, disse eu. Não é para menos, disse o rapaz. Não, não é para menos, disse eu. Sabe que gosto tem o vapor misturado com suor? Depende do sabor particular de cada um, não? O rapaz se encostou junto do seu companheiro, de lado, a têmpora diretamente apoiada no ladrilho, sem fechar os olhos. O pau dele agora estava duro. Com os joelhos tocava as pernas de Laura. Piscou os olhos um par de vezes antes de falar. Vamos trepar um pouco, disse. Se você quiser. Laura não respondeu. O rapaz parecia falar consigo mesmo. Sabe a que sabe o vaporzinho misturado com o suorzinho? A que saberá, realmente? Qual será seu gosto? O calor estava nos adormecendo. O velho havia escorregado até ficar totalmente encostado no banco. O corpo do rapaz adormecido tinha se encolhido e um dos seus braços passava por cima da cintura do que falava conosco. Laura se levantou e nos contemplou longamente de cima. Pensei que ia abrir a ducha com resultados trágicos para os que dormiam tão bem. Faz calor, disse ela. Faz um calor insuportável. Se não estivessem aqui (se referia ao trio), pediria que me trouxessem um refresco do bar. Pode pedir, disse eu, não vão entrar até aqui, entregam na porta. Não, disse Laura, não é isso, a verdade é que não sei o que quero. Paro o vapor? Não. O rapaz, cabeça inclinada para o lado, olhava fixamente para meus pés. Ele talvez queira fazer amor com você, disse Laura. Antes que eu pudesse responder, o rapaz, quase sem mover os lábios, pronunciou um lacônico não. Estava brincando, disse Laura. Depois se ajoelhou junto dele e com uma mão lhe acariciou as nádegas. Vi, foi uma visão fugaz e perturbadora, como as gotas de suor do rapaz passavam ao corpo de Laura e vice-versa. Os compridos dedos da mão e as nádegas do rapaz brilhavam úmidos por igual. Você deve estar cansado, esse velho está louco, como poderia pretender que se pusessem a trepar aqui.

— Para que nós víssemos — lembrei a ela. Laura não me ouviu. Sua mão escorregava pelas nádegas do rapaz. Não é culpa dele, sussurrou, o coitado já esqueceu o que é uma cama. E o que é usar cueca limpa, acrescentou Laura com um sorriso. Melhor seria não usar nada, como Remo. Sim, afirmei, é mais cômodo. Menos comprometedor, disse o rapaz, mas que maravilha vestir cueca limpa e branca. E estreita, mas que não aperte. Laura e eu rimos. O rapaz nos repreendeu com suavidade: não riam, é coisa séria. Seus olhos pareciam apagados, olhos cinzentos como cimento debaixo da chuva. Laura pegou seu pau com as duas mãos e o esticou. Ouvi-me dizendo fecho o vapor?, mas a voz era fraca e distante. Onde caralho dorme seu empresário?, perguntou Laura. O rapaz deu de ombros; está me machucando um pouco, sussurrou. Sujeitei Laura por um tornozelo, com a outra mão limpei o suor que entrava em meus olhos. O rapaz se ergueu até ficar sentado, com gestos medidos, evitando acordar seu companheiro, e beijou Laura. Inclinei a cabeça para enxergá-los melhor: os lábios do rapaz, grossos, chuparam os lábios de Laura, fechados, nos quais se insinuava, muito discreto, um sorriso. Semicerrei os olhos. Nunca a tinha visto sorrir tão pacificamente. De repente o vapor a ocultou. Senti uma espécie de terror alheio, medo de que o vapor matasse Laura? Quando os lábios se separaram, o rapaz disse que não sabia onde o velho dormia. Levou a mão ao pescoço e fez o gesto de fatiá-lo. Depois acariciou o pescoço de Laura e a puxou ainda mais para si. O corpo de Laura, elástico, se adaptou à nova postura. Seu olhar estava fixo na parede, no que o vapor permitia ver da parede, o torso para a frente, os seios roçando o peito do rapaz ou pressionando-o suavemente, e que por momentos o vapor tornava invisíveis ou encobria parcialmente ou prateava ou mergulhava em algo parecido com um sonho. Finalmente ficou impossível vê-la. Primeiro uma sombra em cima de outra sombra. Depois nada. A câmara de vapor parecia a ponto de explodir. Esperei uns segundos mas nada mudou, ao contrário, tive a impressão de que o vapor se adensava cada vez mais. (Perguntei-me como diabos o velho e o outro rapaz podiam continuar dormindo.) Estendi a mão; toquei as costas de Laura, arqueada em cima do que supus ser o corpo do rapaz. Levantei-me e dei dois passos acompanhando a parede. Ouvi Laura me chamar. Remo, Remo... O que você quer?, perguntei. Estou me afogando. Retrocedi, com menos precaução que ao avançar, e me inclinei tateando o lugar onde supus que ela devia estar. Só toquei os ladrilhos quentes. Pensei que estava sonhando ou enlouquecendo. Laura? Junto de mim soou a voz do rapaz: conforme a pessoa, o sabor do vapor misturado com o suor é diferente. Tornei a me levantar, dessa vez disposto a dar pontapés às cegas contanto que acertasse alguém, mas me contive. Pare o vapor, disse Laura em algum lugar. Aos tropeções, consegui chegar até o banco. Ao me agachar para procurar os registros, quase grudado em minha orelha ouvi os roncos do velho. Ainda está vivo, pensei e fechei o vapor. No início não aconteceu nada. Depois, antes que as silhuetas recobrassem sua visibilidade, alguém abriu a porta e saiu da câmara de vapor. Esperei. Quem quer que fosse, estava no outro quarto e fazia bastante barulho. Laura, chamei baixinho. Ninguém respondeu. Por fim pude ver o velho, que continuava dormindo. No chão, um em posição fetal e o outro estendido, os dois atores. O insone parecia dormir de verdade. Pulei por cima deles. No quarto do divã, Laura já estava vestida. Jogou-me as roupas sem dizer palavra. O que aconteceu?, perguntei. Vamos embora, disse Laura.

Tornamos a encontrar esse trio duas vezes, uma naquele banho mesmo, a outra num de Azcapotzalco. O banho do inferno, como Laura o chamava, mas as coisas nunca tornaram a ser iguais. No máximo fumávamos um cigarro e tchau.

Por muito tempo continuamos frequentando esses lugares. Podíamos ter feito amor em outros locais, mas havia algo na rota dos banhos públicos que nos atraía como um ímã. Não faltaram, como era lógico, outros tipos de incidentes, corridas pelos corredores de caras possuídos pelo Amok, uma tentativa de estupro, uma batida da polícia, de que soubemos escapar por sorte e astúcia; astúcia, a de Laura; sorte, a solidariedade dos banhistas. Da soma de todos os estabelecimentos, que agora já é um amálgama que se confunde com o rosto de Laura sorrindo, extraímos a certeza do nosso amor. O melhor de todos, talvez porque ali o fizemos pela primeira vez, foi o Gimnasio Moctezuma, ao qual sempre voltávamos. O pior, um local das Casas Alemán chamado convenientemente El Holandés Errante, que era o mais parecido com um necrotério. Tríplice necrotério: da higiene, do proletariado e dos corpos. Não do desejo.

São duas as recordações mais indeléveis que ainda conservo daqueles dias. A primeira é uma sucessão de imagens de Laura nua (sentada na banqueta, em meus braços, debaixo da ducha, estirada no divã, pensando) até que o vapor, que vai gradativamente crescendo, a faz desaparecer totalmente. Fim. Imagem branca. A segunda é o mural do Gimnasio Moctezuma. Os olhos de Moctezuma, insondáveis. O pescoço de Moctezuma suspenso sobre a superfície da piscina. Os cortesãos (ou talvez não fossem cortesãos) que riem e conversam tentando com todas as forças ignorar o que o imperador vê. Os bandos de pássaros e de nuvens que se confundem no fundo. A cor das pedras da piscina, sem dúvida a cor mais triste que vi ao longo das nossas expedições, comparável tão só à cor de algumas olhadas, operários nos corredores, dos quais já não me lembro mas que sem dúvida existiram.

Blanes, 1984

ESTA OBRA FOI COMPOSTA POR GRUPO DE CRIAÇÃO EM ELECTRA E
IMPRESSA PELA GRÁFICA BARTIRA EM OFSETE SOBRE PAPEL PÓLEN SOFT
DA SUZANO PAPEL E CELULOSE PARA A EDITORA SCHWARCZ
EM FEVEREIRO DE 2017

A marca FSC® é a garantia de que a madeira utilizada na fabricação do papel deste livro provém de florestas que foram gerenciadas de maneira ambientalmente correta, socialmente justa e economicamente viável, além de outras fontes de origem controlada.